壬寅诗馀二百首

林在勇◎著

华东师范大学出版社
·上海·

图书在版编目（CIP）数据

心上过天风：壬寅诗馀二百首/林在勇著．
上海：华东师范大学出版社，2024．—ISBN 978-7
-5760-5175-9

Ⅰ．I227

中国国家版本馆 CIP 数据核字 2024EC6262 号

心上过天风
——壬寅诗馀二百首

著　　者　林在勇
责任编辑　曾　睿
责任校对　时东明
装帧设计　卢晓红

出版发行　华东师范大学出版社
社　　址　上海市中山北路 3663 号　邮编 200062
网　　址　www.ecnupress.com.cn
电　　话　021-60821666　行政传真 021-62572105
客服电话　021-62865537　门市（邮购）电话 021-62869887
地　　址　上海市中山北路 3663 号华东师范大学校内先锋路口
网　　店　http://hdsdcbs.tmall.com

印 刷 者　上海中华商务联合印刷有限公司
开　　本　787 毫米×1092 毫米　1/16
印　　张　17.25
字　　数　238 千字
版　　次　2024 年 8 月第 1 版
印　　次　2024 年 8 月第 1 次
书　　号　ISBN 978-7-5760-5175-9
定　　价　118.00 元

出版人　王　焰

（如发现本版图书有印订质量问题，请寄回本社客服中心调换或电话 021-62865537 联系）

目　次

001　心上过天风
　　　——林在勇《心上过天风——壬寅诗馀二百首》序　星汉
001　江山风雨铸真辞
　　　——《心上过天风——壬寅诗馀二百首》序　傅蓉蓉
001　浅水鉴虹
　　　——林在勇先生《心上过天风——壬寅诗馀二百首》读后
　　　梁诗宸

平韵小令 62 首

003　竹枝·咏柳絮
003　渔父引·叹春
005　闲中好·读《老子》大盈若冲
007　回波乐·忆儿时捉鳝
009　三台·促拍催酒
010　纥那曲·菠菜
010　啰唝曲·羊
011　摘得新·雨前茶
011　解红·小院雨中曲
012　赤枣子·园中偶遇戴胜鸟
012　桂殿秋·遥念庐山

013	欸乃曲·新沪谣
013	采莲子·逐梦
014	八拍蛮·视频晚会
014	字字双·春居
015	甘州曲·春夜
015	踏歌词·壬寅春上海师大学子感蒙牛伊利善举
017	法驾导引·壬寅春上海师大敬收庐山东林寺赠米三十吨
018	遐方怨·春乏
018	思帝乡·金陵忆旧游
019	误桃源·母亲节戏笔
019	怨回纥·忆震后过汶川
021	赞浦子·忆旧游平湖县金丝娘桥滩涂
022	蝴蝶儿·蝶儿痴
023	雪花飞·北京智化寺古乐
024	沙塞子·壬寅春园
025	诉衷情令·忆到梅家坞周总理纪念室
027	好时光·壬寅立夏前一日
028	杏园芳·杂感
029	彩鸾归令·想楠溪江上晨光
031	相思引·忆己亥
033	落梅风·豆蔻词
034	珠帘卷·蓟北楼怀古,步欧阳修原韵
035	金盏子令·明旸清霖小满时
037	喜长新·国产大飞机C919首飞成功
038	献天寿·贺友弄璋

039	庆金枝·夸妇逐日
040	庆春时·忆塞维利亚春节
041	鬲溪梅令·漫随曲径拨花藤
042	伊州三台·忆游埃及金字塔
043	月宫春·调用清真词
045	双头莲令·夜观星象
046	极相思·苏武在北海
047	惜春令·栀子花开
049	孤馆深沉·过客吟
050	促拍采桑子·晨兴
051	怨三三·俄乌战事
052	导引·忆访特里尔马克思故居
053	入塞·拟歌剧唱词以文言出之
054	双雁儿·生儿育女
055	恨来迟·动影浮香
056	献天寿令·美元
057	红罗袄·晓起见天色青红日明于东月朗于西得句
059	荔子丹·忆肇庆
060	金错刀·取意汉张衡诗美人赠我金错刀
061	南乡一剪梅·步元虞邵庵韵
063	江月晃重山·春江花月夜
064	厅前柳·忆己丑冬湄洲险渡得安
065	荷叶铺水面·咏睡莲
066	家山好·上师奉贤校区月星湖黑天鹅
067	步虚子令·上师奉贤校区夜观北斗
069	花上月令·赠花鸟方家石元道兄

仄韵小令 76 首

073 　　拜新月 · 壬寅三月
073 　　梧桐影 · 春炊
074 　　醉妆词 · 前蜀后主王衍创此格
074 　　晴偏好 · 寒温反常
075 　　寒姑 · 春夏飞絮,和唐无名氏原韵
076 　　花非花 · 步香山韵
077 　　章台柳 · 步唐韩翃寄柳氏韵
079 　　十样花 · 春困近禅
080 　　春晓曲 · 题石元兄壬寅春作牡丹白菜图
080 　　一叶落 · 近秋
081 　　醉吟商 · 忽忆丙辰春,步白石韵
082 　　饮马歌 · 梦觉
082 　　望江怨 · 忆游安徽和县霸王祠
083 　　望梅花 · 三月十九夜饮啤酒一壶
084 　　归国遥 · 答旧友
085 　　玉树后庭花 · 遥题徐公石元玄素草堂
086 　　散馀霞 · 谷雨前傍晚闻雷
087 　　万里春 · 梦语寄尹兄
089 　　锦园春 · 校园
090 　　太平年 · 曲出《高丽史 · 乐志》
091 　　西地锦 · 忆乐山大佛
093 　　江亭怨 · 忆鄂州长江中龙蟠矶观音阁

094	贺圣朝·忆游大明宫遗址
095	甘草子·壬寅春感龙冠烟厂俞总馈赠
096	海棠春·忆西班牙圣地亚哥-德孔波斯特拉古城
097	双鸂鶒·园池遇鹭
099	梅弄影·读诗小雅瞻彼阪田
101	茅山逢故人·寄李岗兄
102	阳台梦·忆乙未冬雪晨入北门独游颐和园
103	归去来·观小友捉刺猬
104	惜春郎·忆昔自北大红楼行至故宫角楼
105	双韵子·戏言小子谈恋爱
107	醉乡春·举觞遥祝尹华兄
108	满宫花·赠国宾兄
109	使牛子·闻韩统领府迁址
110	折丹桂·祈象儿中考
111	竹香子·戏言上海丈夫
113	城头月·忆武夷山闽越国古汉城遗址
114	四犯令·校园见松鼠
115	破字令·诺瓦利斯与索菲哲学
117	黄鹤洞仙·浮世乱花风
118	花前饮·喂猫
119	探春令·忆丹麦哥本哈根小美人鱼铜像
120	凤来朝·和周邦彦佳人调
121	秋夜雨·白仁甫玄宗太真四折杂剧
122	伊州令·遥寄
123	木笪·话不投机,步宋人韵

124	菊花新·转日莲	
125	引驾行·忆廿年前与诸兄托词加班夜打乒乓每有诸贤嫂电话查访	
126	玉团儿·董秀英花月东墙记	
127	锯解令·读诗经终风篇有写喷嚏	
129	倾杯令·谁命于天	
130	寻芳草·野猫	
131	珍珠令·忆谒冯子材故居	
132	寿延长破字令·公园俩老头儿	
133	折花令·秋忆	
135	上林春令·忆丁酉夏与象儿谒天坛	
136	端正好·观莫奈印象画展	
137	天下乐·花脚蚊子,步韵宋人杨无咎逃禅词	
138	鬓边华·约往巴黎	
139	玉楼人·少女写情书	
140	金莲绕凤楼·忆惠州西湖元宵灯舟	
141	夜行船·忆三十年前申甬航船	
142	金凤钩·防疫闭园,步晁补之送春原韵	
143	鼓笛令·忆六一儿童节队鼓	
144	徵招调中腔·上师奉贤植物园纪实	
145	玉阑干·壬寅春夏校园常遇刺猬,步宋杜安世原韵	
146	遍地锦·壬寅年芒种将至	
147	茶瓶儿·忆陕西合阳黄河洽川关雎景区	
148	柳摇金·壬寅三春忙闲不废诗书,步沈蔚原韵	
149	卓牌子令·忆莫干山居	

150	二色宫桃·笑少年写情书
151	市桥柳·赠拜老爷子
152	宜男草·娘戏儿
153	倚西楼·美国国家大教堂鸣钟千声吊百万疫殁者，用钦谱宋人原韵
154	扫地舞·少男少女搭讪

换韵小令 15 首

157	西溪子·心动
157	风光好·芒种天
159	感恩多·先父所营阳台小花圃
161	醉公子·山饮祝词
162	中兴乐·又加餐
163	纱窗恨·劝慰
164	恋情深·瓜洲夜渡怀古，步五代毛文锡原韵
165	柳含烟·常熟子游墓，步毛文锡原韵
167	偷声木兰花·海棠
168	思越人·忆杭州宁波两地凭吊张煌言
169	梦仙郎·代拟春闺梦麟
170	芳草渡·忆游镇江西津渡
171	清江曲·忆夜宿三峡大坝
173	楼上曲·夜读诗书
174	梅花引·狗儿

平韵中调 10 首

177　接贤宾·题画
179　寿山曲·三亚南山
181　朝玉阶·立春
182　摊破采桑子·春分
183　摊破南乡子·清明
184　甘州遍·立秋
185　缑山月·秋分
186　胜胜令·立冬
187　江城梅花引·大寒
189　红林檎近·小寒

仄韵中调 16 首

193　步蟾宫·雨水
194　冉冉云·惊蛰
195　七娘子·谷雨
196　后庭宴·立夏
197　鞓红·小满
198　贺熙朝·芒种
199　金蕉叶·夏至
201　明月逐人来·小暑
202　握金钗·大暑

203　　芭蕉雨·处暑
204　　厌金杯·白露
205　　玉梅令·寒露
206　　惜黄花·霜降
207　　檐前铁·小雪
208　　郭郎儿近拍·大雪
209　　甘州令·冬至

平韵长调 10 首

213　　夏云峰·双峰插云
214　　金盏倒垂莲·曲院风荷
215　　临江仙慢·花港观鱼
217　　秋兰香·三潭印月
218　　庆千秋·柳浪闻莺
219　　松梢月·南屏晚钟
221　　四槛花·海曙云宾
222　　八节长欢·后乐长春
223　　云仙引·樯馆三江
224　　紫玉箫·风驻南塘

仄韵长调 11 首

227　　远朝归·雷峰夕照
229　　红芍药·苏堤春晓

231　雪明鳷鹊夜・天封月对
232　玉漏迟・平湖秋月
233　玉梅香慢・断桥残雪
234　阳台路・竹洲消夏
235　凤鸾双舞・琅嬛一阁
236　采明珠・韵存近性
237　春草碧・瞟城遐想
239　被花恼・承郑辛遥先生亲赠漫画集《智得其乐》
241　福寿千春・嘉定新城

242　后记

心上过天风——林在勇《心上过天风——壬寅诗馀二百首》序

我要说句："在勇吟兄，久仰了！"这可不是旧文人的客套话。我在网络上经常见到在勇吟兄的诗词大作，见其水平颇高，然缘悭一面。我和中华诗词学会的周文彰、林峰都是吟坛老友，他们说在勇有词集要出版，要我作序。开始我没有答应，认为自己才疏学浅，恐辱上乘。经过周、林二位吟兄的"鼓动"，我答应试试。我比在勇痴长几岁，在这篇序里，下文就直呼其名了。

我年轻时，在铁路上做信号工，当时处在"轰轰烈烈的无产阶级文化大革命"中，"封资修"的书籍根本看不到。我帮老泰山往地下室"藏书"时，顺便"窃"了几本，其中一本是林大椿辑的《唐五代词》。后来我"转战"到青海，驻在大草原的小火车站上，那里"抓革命，促生产"，两手都不"硬"，空余时间较多，便于读书。好在这里人烟稀少，工友们也不会告密，故能将多本"封资修"的书籍读毕，其中包括《唐五代词》。有心得处，还用红蓝铅笔画了杠杠。否则，我见到在勇的《心上过天风——壬寅诗馀二百首》，还真的无从置喙。

在勇把词集掷下，使我吃惊不小。这二百首词作，竟然不见重复地用了二百个词牌，选用词牌之多，星汉于古今词人尚未之见。其中小令占到四之三。而小令始见者又多为唐五代，今人多用龙榆生先生编撰的《唐宋词格律》填词，此书词牌远远不够在勇选用。要满足其选用，须用《词律》《康熙词谱》等大型工具书方可。

我发现，在《心上过天风——壬寅诗馀二百首》中，找不见今人常用的词牌,当是作者有意而为之,是在词牌运用上的"求生""求新"。在格律上,在勇未越雷池一步,可谓亦步亦趋。请看下面一词:

时阴又阳惊复惊,忽热还寒争复争。园中尘起清复清,隔窗日月明复明。(《字字双·春居》)

此词牌见《才鬼记》,因每句有叠字,故名《字字双》。但《康熙词谱》仅有王丽贞一词,无他词可校。读者不妨把此词与王丽贞原作对照一下:"床头锦衾斑复斑。架上朱衣殷复殷。空庭明月闲复闲。夜长路远山复山。"可知每个字的平仄完全吻合。而《春居》语义连贯,意境幽深,作者"春居"状况,如在目前。如果说,《字字双》是小令易为,那请读者看一首长调:

练祁河畔行,爱此乡里仁,嘉定名美。州桥望,斯孔庙文盛,玉潭龙汇。秋霞落圃,更莫辨、仙凡况味。盐铁百舸,新槎浦,故地说头尾。知未?一城经数屠,却死生有恨,节烈无愧。前尘远,福报固多至,庶饶都会。高楼坦途,上河景、熙明再绘。忽念陆公,家乡画、旧山水。(《春草碧·疁城遐想》)

此词调仅见万俟咏《春草碧》,词咏春草,依题为调名。既如此,当然无别首可校。《康熙词谱》以黑点符号表示仄声,空圈符号表示平声,半黑半白,阴阳各半,表示可平可仄。这个词牌,没有一个阴阳各半的符号,非黑即白。在勇这首词无一字"混淆黑白"。有兴趣的读者,不妨找来原谱对照一下。这个词牌没有律句,全是"别别扭扭"平仄的句子。作者能使语句圆润,表情达意,完美无缺,委实不易。推而广之,《心上过天风——壬寅诗馀二百首》的平仄,全部如此,与词谱不差分毫,星汉叹为观止。如无深厚的词学基础,根本达不到如此水平。对词谱烂熟如此,当今词坛,星汉尚未见出其右者。

平水韵是昔日的"国标",《中华通韵》是当今的"国标"。《词林正韵》不是"国标",但它是根据"国标"平水韵改造而来,因此很有权威性。此书的韵部划分被后人广泛接受,成为创作长短句的"工作手册"。星汉以为当今诗词创作的用韵依据,要么"博古",用平水韵或《词林正韵》;要么"通今",用《中华通韵》。不能任意胡来,不能用方言押韵。有人举出领袖人物用方言押韵,说明"词"的押韵宽泛。我说不行,不能用特例来衡量普遍的现象。

在唐宋词里,前后鼻音不分是普遍的现象。唐宋人填词,地不分南北,人无论男女,地位不别官民,词风兼及婉约、豪放,都有这种现象的存在。这种押韵,在"唱"的时候,尚无大碍,听众注意力在唱腔,而不在韵脚。在"诵"的时候,就会感到不和谐。在戈载的时代,唐宋词的曲谱已不复存在,变成了只能看、只能诵的徒诗。这种押韵,有碍听觉,所以《词林正韵》在合并平水韵的时候,将今天读来前后鼻音的韵字"分而治之"。在勇《玉阑干·壬寅春夏校园常遇刺猬,步宋杜安世原韵》,就是步韵杜安世原唱而来。其韵字为:"景""尽""径""信""定""趁"。原词用韵就是今天读来的前后鼻音不分。在勇步韵杜安世,当是不得已而为之。

在勇《心上过天风——壬寅诗馀二百首》用韵非常严格,除步韵词外,自创词全在《词林正韵》的框架内。如《一叶落·近秋》的韵字"落""却""作""错""着",全在《词林正韵》"入声三觉十药通用"的第十六部中,甚至都在一个韵目"十药"中。

《词林正韵》第六部"平声十一真十二文十三元(半)通用",第十三部"平声十二侵独用"。在勇的《八节长欢·后乐长春》一词,韵字"鄞""门""仁""民""春""巡""真""存""欣""神",都在第六部。而《雪花飞·北京智化寺古乐》的韵字"金""心""音""禁",全在第十三部。《词林正韵》的第六部和第十三部,在《中华通韵》中全部归入

"十二恩"的"阴平"和"阳平"。用普通话来衡量,《中华通韵》处理是妥当的。但是在勇恪守《词林正韵》,"泾渭分明""井水不犯河水"。

上文《春草碧·嘤城遐想》一词,用《词林正韵》第三部。它是平水韵中"上声四纸五尾八荠十贿(半)、去声四寘五未八霁九泰(半)十一队(半)通用"。在这个韵部里,用今天的普通话读来,可是挺繁杂的。它有"离奇"的韵母、"自私"的韵母和"时事"的韵母,还有今天普通话里韵母是"ei""uei"的字。读者可以看看,《春草碧·嘤城遐想》里的韵字是"美""汇""味""尾""未""愧""会""绘""水",即韵母全是"ei""uei"的字。这既符合《词林正韵》,又符合普通话的读音,这种两头照顾的做法太不容易了。这样的文字写在序文里,显得啰嗦,但是不如此,就辜负了作者的一片苦心。

唐五代词,风气初开,所用词牌,格式较为固定。如《闲中好》,首句必用"闲中好"三字;《回波乐》首句必有"回波尔时"四字。《好时光》一词,首唱为唐玄宗,全词末尾三字为"好时光"。在勇用以上词牌时,无不与原词同。皇甫松《采莲子》作:"菡萏香连十顷陂(举棹),小姑贪戏采莲迟(年少)。晚来弄水船头湿(举棹),更脱红裙裹鸭儿(年少)。"其"举棹""年少",乃歌时相和之声,与词义无涉。在勇吟为忠于原调,将此和声也用于词内。且看:

梦里轻舟溯大江(举棹),夕阳前面好姑娘(年少)。雨云更在巫山上(举棹),脚下帆樯又一艘(年少)。(《采莲子·逐梦》)

我举这些例子,无非是说明在勇的创作态度之认真。

无规矩不成方圆,完全不受文体形式制约的文学体裁是不存在的,诗歌在形式上,没有绝对的"自由",只是诗词在格律上要求更加严格罢了。在勇在格律运用上,已到炉火纯青的地步,如果没有扎实的基本功,根本办不到!

一年填词二百首，不谓不勤。这二百首词，国际大事，国内大政，古今中外，花鸟鱼虫，春夏秋冬，阴晴圆缺，无所不包。今人内容如此丰富之词集，星汉尚未之见。《怨三三·俄乌战事》是写当今的国际战事：

萧墙祸起弟兄嫌，外有残贪。气类乖情利害掺，两相斗、更围三。

人心可怕无惭，看因果、何须筮占。正草长禾芟，莺飞时节，激战犹酣。

从"草长禾芟，莺飞时节"来看，这首词应写于2022年春天。"俄乌战事"为什么叫"萧墙祸起"？为什么说"外有残贪"？读者可以上网查阅，笔者无须赘述了。作者说"看因果、何须筮占"。今天再看看俄乌战事，不就是作者预料的结果吗？

《导引·忆访特里尔马克思故居》是这样写的：

小楼就在，罗马古遗城，尘藓旧门庭。德文标识兼猜问，循一路思行。

其人器局对苍生，学问辨形名。寰球推举谁为首，高尚在公平。

我们中国人对马克思可是太熟悉了，但是对于"马克思故居"见到的人却不多。词的上阕，交代了故居的地点、现状、标示。下阕是对马克思的评价和作者的感慨："器局对苍生，学问辨形名"，如果用政治术语表达，这十个字不知衍生出多少文字来。马克思在历史上的地位，当然是"为首"世界，因为"高尚在公平"。此处一语即为定评。

写外国的事物者，佳作尚多，如《庆春时·忆塞维利亚春节》《伊州三台·忆游埃及金字塔》《海棠春·忆西班牙圣地亚哥-德孔波斯特拉古城》《鬓边华·约往巴黎》《端正好·观莫奈印象画展》等，此类词作，前不见古人，后可启来者。

《雪花飞·北京智化寺古乐》写"古"，是"唐风吹管鸣金"，是"工尺明初旧制"。"古乐"奏起后，如"花雨缤纷"，作者的感受是"听得澄清智化，有触难禁"。笔者强作解人，那就是："此曲只应天上有，人间能得几回闻？"（杜甫语）

《法驾导引·壬寅春上海师大敬收庐山东林寺赠米三十吨》，这是写"今"事儿了。全词是："东林寺，东林寺，横岭侧成峰。顽石点头曾说法，今参和尚发生风。山海水云通。"东林寺，因处于西林寺以东，故名。在这里，照样能看到庐山"横看成岭侧成峰"（苏轼《题西林壁》）。僧人向"俗人"赠物，况且是作者工作的学校，况且是"赠米三十吨"，作为学校的领导者，不能不有个态度。东晋东林寺有"生公说法，顽石点头"的典故和遗迹。唐代薛逢诗《送封尚书节制兴元》："珂临响涧声先合，旆到春山色更红。欲识真心报天子，满旗全是发生风。"发生风就是春风。感恩馈米，如沐春风。僧俗的合作，恰如"山海水云通"！

写国内大事，如"劫余多善后，新屋挂红旗"（《怨回纥·忆震后过汶川》）；"瞻仰苍青初廓，方渐晞微"（《喜长新·国产大飞机C919首飞成功》）。写个人小事，如"思将更与大千通，心上过天风"（《双头莲令·夜观星象》）；"有儿如母姿容俊，毓秀钟灵"（《献天寿·贺友弄璋》）；"妇喜听美言，日相问、答如仙"（《庆金枝·夸妇逐日》）等等，不一而足。

作者笔下有植物，"一室香氛晨睡起，催念向天涯。"（《惜春令·栀子花开》），有动物，"半园花树蝶儿痴，落飞绕一枝"（《蝴蝶儿·蝶儿痴》）等等。事无大小，无不写到，无一不佳。不举例子了，读者去翻书吧！

作者描摹人物，堪称一绝。请看《双韵子·戏言小子谈恋爱》：

期期艾艾，小心惴惴，痴痴言个。好词倒倒颠颠，听说说、卿卿我。

明明妥，亲亲可，偏偏却、乖乖左左。笑他结结巴巴，真傻傻、呆呆么。

这首词以十七组叠字，写出小伙子初谈恋爱的"窘况"。成人男士都是过来人，作者和笔者都是如此，是不是这样，可自己去琢磨。

还有，《落梅风·豆蔻词》中"向天长看飞云絮，蒙眬满眼星花"，写女孩子的纯真；《归去来·观小友捉刺猬》中"抓只偷瓜獾肥饫，频投喂、刺球拒"，写男孩子的机智；《醉乡春·举觞遥祝尹华兄》中"若问暮年嫌早，欲做英雄显老"，写成年友人的近况；《竹香子·戏言上海丈夫》中"应该干的干嘛嘛，晓得些儿敬畏"，写夫妻趣事；《寿延长破字令·公园俩老头儿》中"日日来、摆花架子"，写男性老人的闲适；《玉楼人·少女写情书》中"怕他笑我多情，这些儿、说的平淡"，写少女的矜持；《扫地舞·少男少女搭讪》中"有一搭，没一搭，有时没时把话拉"，写男女青年的情思。这里只是举出数句，其实作者在全词中，无一废字，某字放在某人身上，都恰到好处。

词就是歌词，本来就是"曲子词"，就是"曲子的词"。词的民间状态和初期阶段，要"唱"给人听。语言必须通俗、明了，入耳即消，因为听众没有时间去回味、琢磨冷僻的词汇和生硬的语句。这个阶段的词几乎不用典。即便用典，也是听众耳熟能详的文字。如"霸王虞姬皆自刎"（《敦煌曲子词·定风波》）。在勇颇谙这个中道理，其小令承继了这一传统。请看《梅花引·狗儿》：

欢蹦跳，眼含笑，讨嫌汪汪自家叫。一身毛，爱撒娇，给他点脸，他就天上飘。

真能胡闹真能吃，黏糊人时舔呼咻。打还来，骂还来，心说那人，不比狗儿乖。

此词用语平淡，但不是平得没劲，淡得没味儿，平淡中有幽默、有醇正。此词写"狗儿"的形象，惟妙惟肖，句句逼真。

《中兴乐·又加餐》写胖姑娘为了"帅哥追"，要"减肥"，但到了"新街口"，闻道"风头猪肘"的香味儿，忍不住又要吃，自我解释说："就一回回。""就一回回"这四个字，的确是"吃货"的声口。这种通俗的语言，没有深入生活者，是写不出来的。

诗词的语言要高度浓缩，力求精练，有时候用典可以加大诗词的容量，这本非坏事儿。但是，如果滥用生典、僻典，以此来炫耀自己知识的渊博，就难免有"掉书袋"之嫌。即便用典，也能运化无迹，不见斧凿痕，这才是诗词创作的真正高手。在勇就是这样的高手。比如"推敲"（《卓牌子令·忆莫干山居》），"自东更来紫气"（《福寿千春·嘉定新城》）。前者源于后蜀何光远《鉴戒录·贾忤旨》载贾岛吟诗的故事；后者活用《列仙传》中"紫气东来"老子西游的故事。这些典故，有些文化基础的人都能理解，不足为病。

在勇《心上过天风——壬寅诗馀二百首》中，有长调二十余首。长调之中以写江南风景居多，江南风景中又以杭州西湖为最。杭州西湖以康熙皇帝御题后的十景著名。这十景是：苏堤春晓、曲院风荷、平湖秋月、断桥残雪、花港观鱼、柳浪闻莺、三潭印月、双峰插云、雷峰夕照、南屏晚钟。在勇把这十景都写了一遍，字里行间，流露出对西湖的热爱之情。到过杭州的人，无人不去西湖，而断桥又是必经之地。笔者和读者来共同品味作者《玉梅香慢·断桥残雪》一词：

云絮扶摇，鳞影起灭。遥看春堤清阔。小乙官人，蛇仙娘子，何处相逢相别。画屏一转，寒彻骨，鸟飞绝。须是江南，冷艳天怜，断桥残雪。

西湖最佳十列，把春秋、不关优劣。遇否凭思，岁杪郁茫时节。倘又梅香悄送，红几朵、忍将一点折。美到精微，何言与说。

上阕由时令景色的变幻、断桥故事的传说，写到"残雪"，加大了此词的容量，突出了断桥的"冷艳"。下阕作者对西湖十景做出评判，又用红梅衬托白雪，显得格外醒目。在"岁杪郁茫时节"，已是"美到精微"，作者难以用语言表达了。下阕的红梅，照应上阕的"春堤"，首尾呼应。"冬天来了，春天还会远吗？"（雪莱语）红梅的出现，作者总是给人以向上的力量。

值得一提的是，在勇这二百首词中，有十四首步韵词，并附有原词。作诗填词步韵，古来大致有三种原因：一是表示对原作者的尊重；二是逞才比美；三是可省检韵之劳。在勇的步韵词，三者均沾。"步韵最困人，如相殴而自縶手足也。盖心思为韵所束，于命意布局，最难照顾"（吴乔《答万季野诗问》）。步韵者要把每个韵字安排妥帖，语义连贯，浑然一体，绝非易事。如苏轼《水龙吟·次韵章质夫杨花词》，超过原唱，更是难上加难。笔者以为，在勇的步韵词往往高于原唱。且看作者一首《恋情深·瓜洲夜渡怀古，步五代毛文锡原韵》和原词《恋情深》：

逝水瓜洲如喋咽，对千秋月。客舟眠未怨孤衾，到江心。

非能言者有愁侵，谁得入诗林。浩淼卷来都诉，恋情深。（林在勇）

滴滴铜壶寒漏咽，醉红楼月。宴馀香殿会鸳衾，荡春心。

真珠帘下晓光侵，莺语隔琼林。宝帐欲开慵起，恋情深。（毛文锡）

同写"恋情深"，两相比较，可以看出原词隐儿女情爱，和词含英雄豪气；原词柔靡而和词深沉。孰高孰低，读者自判。意犹未尽，再看一首《章台柳·步唐韩翃寄柳氏韵》与原词：

春来柳，春来柳，莫问章台攀折否。骨弱腰弯任摆摇，一低何怨孱青手。（林在勇）

章台柳，章台柳，往日青青今在否？纵使长条似旧垂，也应攀折他人手。（韩翃）

章台街是汉代长安的一条繁华街道名，旧时这里多妓院，后世用为妓院等地的代称。据唐孟棨《本事诗》，唐天宝进士韩翃与名妓柳氏相爱，别后韩翃曾赠柳氏《章台柳》词，以词的首句"章台柳"为词调名。作者此词的立意和韩翃完全不同。作者是说，春天的柳树，因为自己"骨弱腰弯任摆摇"，怪不得别人攀折。解词也要知人论世。倘若一般"闲人"填填此调，也只是一般的感慨。在勇就不一样了，他是教育工作者，还是高校的领导者，个中深意，读者们，特别是在校的读者们，自然体会得来。

即便是小事，作者也把和词写得饶有风致。《天下乐·花脚蚊子，步韵宋人杨无咎逃禅词》："外国种、应无说。恶须尽斩心欲铁，况他传、登革热。"由此可以看出作者对外国侵略者的憎恨。"登革热"三字没有点儿现代科学知识是写不出来的。

上文提到在勇这二百首词，小令占到四之三。笔者以为，在勇绝非图省事儿而作小令。小令不能铺叙展衍，要集中、提炼、浓缩，截取感情或是事物的精华，把最美的那部分奉献给读者，因此小令写好不易。但是在勇的小令每首都有出彩的地方，每首都有"嚼头"。我们不妨举出一首写自然风光，一首写家庭琐事儿的词来欣赏一下。

海涨推余沫，云高戴晚霞。野鹭斜遮照，陈船倒扣沙。

大化都无尽处，谛观各有穷涯。欲把长长影，携归直到家。（《赞浦子·忆旧游平湖县金丝娘桥滩涂》）

丹棘金针忘忧草，佩娘身、便无烦恼。真唬人、莫是黄花小菜，家里有、锅翻勺炒。

养儿才觉中招了，这东西、十分难搞。今劝人、莫信生男大吉，名好听、听听就好。（《宜男草·娘戏儿》）

前一首词，镜头定格在金丝娘桥滩涂的傍晚。上阕四句用工稳的对仗，描绘高、低、远、近的景象，真真是"画图难足"。下阕作者说，这里的美景是看不够、看不完的，真想把这一幅幅图画，带回家中。笔者以为"欲把长长影，携归直到家"十字，富有神韵。

后一首六十字，在勇归入"仄韵小令"中。姑从之。作者词牌写"本意"。宜男草，别名很多，"丹棘金针忘忧草"，都是。古人迷信，认为孕妇佩之则生男。其实就是我们常见的可食的黄花菜。这首词以母亲的口吻，"谴责"儿子"这东西、十分难搞"。但是弦外之音是在说儿子的可爱。此词的题目就告诉读者是"娘戏（开玩笑）儿"。不过，此词不管是在今天，还是在"计划生育"的昨天，对于那些有"重男轻女"思想的人给予了批评。

一般有大学问的人作序，在结尾处，往往说些被序者的"毛病"，提出"希望"云云。我没有。

是为序。

星　汉
甲辰岁立夏日于新疆师范大学昆仑校区寓舍

（星汉，姓王，字浩之，1947年生，新疆师范大学文学院教授。中华诗词学会发起人之一，第二届、第三届副会长。）

江山风雨铸真辞——《心上过天风——壬寅诗馀二百首》序

词之道，在勇先生谙熟久矣。佳作广为传诵者如：《天门谣·天地孤游子》："看落叶黄笺谁写字，又岂人间无故事。何所似，数不尽，方生方死"；《惜红衣·兴化郑板桥故居》："聊赊壁月，长借窗风"等兴象寄托，声韵节律均足使人以品味再三，生出有馀不尽之意。因此，读到这本《心上过天风——壬寅诗馀二百首》，我也不免好奇，集子中还会有什么让人惊喜的宝藏呢？

一卷读后，唯有一个词可以概括——"感动"。这感动来自词人之"真"——真情性、真言语、真境界。

"真情性"，以明人陈子龙《幽兰草·题词》中语解之："境由情生，辞随意启，天机偶发，元音自成"，情出自然，情景交融，情辞合一。在勇先生笔下的"情"正是多样化，灵动自由，无所拘碍的。如《春晓曲·题石元兄壬寅春作牡丹白菜图》："寻常物什难勾勒，费了丹青水墨。小民看菜贵如花，不觉牡丹真国色。"是艰难时光中关心民生的贤士之情；《万里春·梦语寄尹兄》："笏板须无拱，把牙板、醉歌敲弄。剩无多、几个春来，算应携相共。"是看淡名利的通达之情；《双䴔䴖·园池遇鹭》："野草丛中声唧，雏鸟似能亲昵。又怕茕茕孤立，猫儿来作天敌。"是民胞物与的仁者之情；《鞓红·小满》："福宜勿过，泽当无漫，似这雨、唯应小满。"是守中知分的智者之情……清人沈谦《填词杂说》云："词不在大小浅深，贵于移情。"从审美接受的角度论述了词能以情动人，方见"本色当行"，是论正合此集中词。

"真言语",可用况周颐论词"重拙大"一说中的"拙"来解释,指语言风格。况氏云"词忌做,尤忌做得太过。巧不如拙,尖不如秃"(《蕙风词话》卷一),"做"指的是雕琢,雕琢太过,失淳朴自然之致;又说:"欲造平淡,当自组丽中来,即倚声家言'自然从追琢中出也'"(《蕙风词话续编》卷一),在此况氏借用了前辈彭孙遹的原话微有缩略。彭氏云:"词以自然为宗,但自然不从追琢中来,便率易无味"(《金粟词话》),可见"平淡语",讲究的是极炼如不炼的境界。词调历经千年发展,已是一种高度成熟的文体,为了追求写作中的新鲜感,词人极有可能采取流利轻倩的笔触,试图以新鲜语或聪明语取胜。在况氏看来,这恰恰偏离了正道,只有"雕琢中见自然"才是词家应有言语。

依此看来,词集中如《紫玉箫·风驻南塘》:"故乡音、饶是语气铿锵。待昏侵夜,尤可喜、烛举灯张。听吆喝,油烤火烹,一路传香。"以口语入词,写故乡烟火,不事雕琢,天然可喜;但仔细分辨,其中"饶是""尤可"等词不经意间带动了句子的节奏感,使之虽是铺叙却摇曳灵动,又隐含炼句之功;再如《秋兰香·三潭印月》:"玲珑多宝塔,轻快小船帆。有心问、他佛道何耽,此时身是仙凡。"对仗自然,语气轻快,仿佛友朋闲坐,对话家常中情趣思理俱出;与况周颐所追求的语言风格不谋而合。

"真境界",可以用王国维《人间词话》中的理论诠释之。王国维将"境界"作为一根贯穿于诗歌本体的枢轴,视为审美主体与客体交融的完整艺术世界,认定"意"与"境"是文学作品的本质要素。其中"意"指的是作者的主体感受,包括情感、联想诸方面;而"境"则是笼盖于主体感受之下的形象、景象,是"意"的物化。他以"境界"为词之根本与审美评判的标准,那么"境界"理论的核心又是什么呢?一言以蔽之,"真"。

王国维说:"词人者,不失其赤子之心者也。故生于深宫之中,长于妇人之手,是后主为人君所短处,亦即为词人所长处";"客观之诗人，不可不多阅世。阅世愈深，则材料愈丰富，愈变化，《水浒传》《红楼梦》之作者是也。主观之诗人，不必多阅世。阅世愈浅，则性情愈真，李后主是也"；"纳兰容若以自然之眼观物，以自然之舌言情。此由初入中原，未染汉人风气，故能真切如此。北宋以来，一人而已"。虽然这些都只是用于单个词人的评价，但从中不难看出王氏论词"重中之重"。"真"，不是指对生活实践的摹写真实，而是作者自我性情的真率流露，突出的是创作主体的情感自主性。

以此观之，在勇先生之词与王国维的"境界说"求"真"的理念十分契合。他畅胸臆，抒挚情，勾画江山风雨，描摹世态人心，点染花鸟鱼虫，无不以"真"为美，"真"善合一。如《倾杯令·谁命于天》中："酣将太白真容照，镜中呼、轮流倾倒。诗来一斗沽浅，兴至千篇算少。"化身李太白，诗酒狂放，将"想必了犹难了"之事抛诸云外，大有心容万物、天空海阔之感。又如《金凤钩·防疫闭园，步晁补之送春原韵》："围城心切归乡路，枉费着、往来多步。煮茶烹酒，沁神天露，还趁读书眠去。"词人在疫情防控期间驻守校园数月，其中辛苦焦灼不言而喻。词中的"心切归乡""往来多步"是当时情境的写照；"煮茶烹酒，沁神天露"是苦中作乐的自我宽解；不做空头语，不喊虚口号，却道出了一个心性仁和又深谙职责的高校主政人的真实心灵世界。

二百首词，不多；对于一位有着丰富人生阅历和广泛艺术兴趣的作者而言，这只是他心灵世界向外投射出的一片小小风景。二百首词，不少；其中有思理，有物象，有人情，有热烈的生机，有激荡的豪情，有静夜思，有向光行。同为写作者，我想我当以一阕词，感谢这样一卷真作品，致敬这样一位真词人。

《鹧鸪天·〈心上过天风——壬寅诗馀二百首〉读后》

最是寻常最动人。江山风雨记来真。左图右史平生趣，煮字莳花自在身。

九域事,百家春。千钧文字见精神。词家未负凌云笔,一卷清歌唱古今。

傅蓉蓉
二〇二四年三月十五日

(傅蓉蓉,当代词人,词学专家,华东理工大学教授)

浅水鉴虹——林在勇先生《心上过天风——壬寅诗馀二百首》读后

十来年前,我在华东师大求学时,有幸躬逢明师,他向我不断示范,一位深濡中国传统文化的当代学术奇人,如何把做学问化为做人。这十年以来,每当我遇到困惑与抉择,常常会想,林老师会怎么想、怎么做?实际上,我的疑惑基本都在他的作品里找到回音,"我来问道无余说,云在青天水在瓶"。

这几年,林老师杰作频出,几次希望学生作序。最初请董国文师兄为《雅颂有风》诗集作序时,老师笑言:"请名家作序固然好,但老师尚健在,就请学生作序,岂不是更成一段佳话?"他提出让我也作序,作为最不肖的学生之一,我当然是诚惶诚恐地婉拒。但渐渐地,我有些理解了老师的用意:他早年尽心育才,学生在他心中总有不可撼动的地位,哪怕后来公务再繁忙,也从来没有放弃过对教育教学的深思;因此,学生作序对他来说有不可言喻的传道化人的意义。

作为一线教师,我深感这一代孩子面临空前的"空心"危机,"日以甘肥供养之,壳漏子。莫不空空矣"(《黄鹤洞仙·浮世乱花风》)。尤其是经过一些不尽如人意的社会世故以后,很多孩子和天地人都处于隔绝状态,孤独、冷漠、忧郁、浮躁、分神、迷惘……这些感受,我在青春年少时都多少经历过,后来久病得医,被老师们掬取的传统文化清泉所治愈。所以面对这一代学生的心病,我常常竭力在中国传统文化当中求取解药,想弄明白其来龙去脉,想说清楚"养心"的秘法。就像林老师在其《楹联类纂》新书发布会上所说,"传统文化有无穷的学问、无穷的意蕴，能够让世道人心、历史与未来、个人与他人与集体，产生更好的连接。"

  林老师有很多文辞丰美的诗词作品，但我眼中最重要的，正是文字背后那颗不断打磨和安顿的"心"。那颗心活跃，看生命、领略生命、解释生命，热烈地爱着世间的一切，所以总充满着勃勃生机；那颗心沉静，安住在当下，真真切切地过着具体的生活；那颗心清亮，映着天光云影，点亮人之为人的性灵；那颗心自由，生长在疏星朗月下，跳脱纷繁芜杂的时空羁绊，超越"有限游戏陷阱"……"内卷"疲惫、短视频泛滥的今天，我们的心常常放逐在外，很多人麻木于电子屏幕，五秒钟不见笑点就匆匆划过，失去了那种深沉的仰望星空的耐性与灵性，也就迷失了人最宝贵的本质，遗落了与世界连通的钥匙。而林老师的诗里，"楼外漫天云逐月，楼中人坐神游惬"（《楼上曲·夜读诗书》），正藏着我一直为自己和下一代求索的"养心"秘法。

  这本词集里的很多作品，林老师创作后，常常会分享在学生群。我即便当时忙碌，也多会找时间很有仪式感地坐下来，清空自己数分钟，像仰望星空一样细细品读，给自己一个跳脱樊笼的休憩。诗无达诂，我相信每个人结合自己的体验和思考，会从中各自觅得直抵深心的美、趣、情、志；但诗心可诂，此处我最想揣摩的，是如何透过其诗，学"养心"。

  养心须养童真心。作者写儿童"放歌小小青松树，白衬衫、海蓝长裤"（《鼓笛令·忆六一儿童节队鼓》），写漫画"画里相知会心笑。人间妄诞，心中痛痒，智慧方能了"（《被花恼·承郑辛遥先生亲赠漫画集〈智得其乐〉》）；也须养一颗蹈厉奋发的青春心，"乌鸦婉转，朝暾爽亮，欲我前行"（《促拍采桑子·晨兴》），"不老云何，有钟情待了"（《红芍药·苏堤春晓》）。

  养心须养柔软渊深的慈悲心。作者写鸟儿"又怕茕茕孤立，猫儿来作天敌"（《双㶉鶒·园池遇鹭》），写狗狗"真能胡闹真能吃，黏糊人时舔呼哧"(《梅花引·狗儿》);也须养一颗快活豁亮的喜舍心,"伤春熬夏幻如真。到天开雨后,俱往矣,都安否,享秋分"(《缑山月·秋分》),"不因物喜耽安乐,何为蒿忧动恚嗔。多觉悟,更精神,天时难夺是天真"(《金错刀·取意汉张衡诗美人赠我金错刀》)。

养心可致泛浩摩苍、包容万象的境界。看到国产大飞机首飞、夜宿三峡大坝,作者澎湃地高唱"天机隐处众难知,可使由之……东风不欠彩云催,燕儿振翅来飞"(《喜长新·国产大飞机C919首飞成功》),"心潮未息晨曦坝,人天伟力都无价。到此欲羡不老山,长瞰安澜渐东下"(《清江曲·忆夜宿三峡大坝》);访大明宫遗址、夜观星象,作者深沉地低吟"经参玄奘,诗留太白,魏征庭刭。我行遗址,自生遐想,怅然滋味"(《贺圣朝·忆游大明宫遗址》),"我身只在此时空,前后各鸣蛩。思将更与大千通,心上过天风"(《双头莲令·夜观星象》)。

养心可致人己一视、物我两忘的境界。能感通男女老少的人生况味,"向天长看飞云絮,蒙眬满眼星花。正将心事合如麻,好年华"(《落梅风·豆蔻词》),"遛鸟提笼公园置,树头喧、谁听彼此"(《寿延长破字令·公园俩老头儿》);也能感通花鸟虫鱼的自然物语,"一双仙侣家山好,去岁筑新窝。严慈背上,雏儿坐卧大船逻,全家荡碧波"(《家山好·上师奉贤校区月星湖黑天鹅》)。

养心可致纯粹而玲珑的境界,能追光蹑影,捕捉世间万物最美好伟大的剪影。如写莫奈,"睡莲开时晴波动,晨昏日、都遗前梦。凡尘透视接天共,有梵音、祥和颂"(《端正好·观莫奈印象画展》);写立秋,"星撒雪,月抛钩。璇玑一个消息,天道总周流"(《甘州遍·立秋》)。

养心可致虔敬而忠一的境界,能通天近人,写透人心之底最恒常温煦的深情。如写雨水,"洗前尘,浇块垒,沐深恩,想应是,承天之馈"(《步蟾宫·雨水》);写向日葵,"非必向阳开,根立住、自知焉转"(《菊花新·转日莲》);写大雪,"琼屑。遍撒人间,莫把上下分别。一体均平,清新世界,远徕而近悦。日头低、更析精光,长夜来时还映月"(《郭郎儿近拍·大雪》)……

十年前的课堂上,我喜闻林老师夫子自道"兴之所至,心之所安,尽其在我";十年来,这句格言,如花生韵、似水赋形,像是被时光酿成了诗心,混茫又透亮,直至"明月入怀,无心可猜"。

十年后读此集、写此文,正值我家二宝出生前后。"梦怔忡,醒懵憧"时,"晨昏未歇鞍,役役不曾完"时,我都常常想到老师的诗词,似乎只要心里还能透进诗,就像天窗还能透进月光,灵魂就尚能呼吸——恰似"老酒堪斟,清园堪照,各安心罢"。

浅水也可鉴虹,细渠也应分泉。我虽辞弱才浅,但心热意诚,因此这次,坦然接受了这份写序的殊荣。感谢林老师的厚爱和信任,更期待更多像我一样的文学爱好者、基层教育者、养儿父母们,能够耐心地咀嚼这样的作品,用这鲜活甘美的精神、性灵之清流,灌溉自己的心田,长养后代的福田。

梁诗宸
二〇二四年一月三十一日

(梁诗宸,林门弟子,青年教师)

平韵小令 62 首

竹枝·咏柳絮

闲安堆似雪绒花,事急纷如乱絮麻。怜尔春凭无骨柳,漫随风势去天涯。

渔父引·叹春

初暖犹寒月旬,乍惊忽动雷云,三心二意分神。

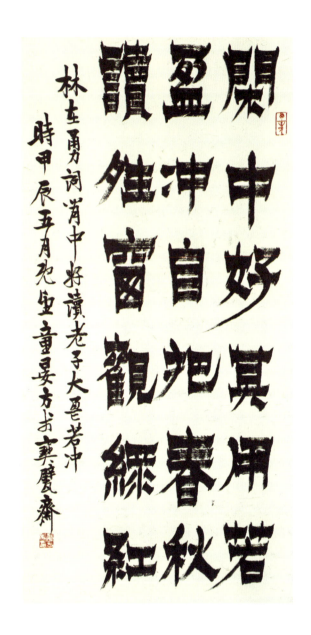

童衍方,号晏方,国家一级美术师,西泠印社副社长,中国书法家协会篆刻艺术委员会委员。

闲中好·读《老子》大盈若冲

闲中好,其用若盈冲。自把春秋读,晴窗观绿红。

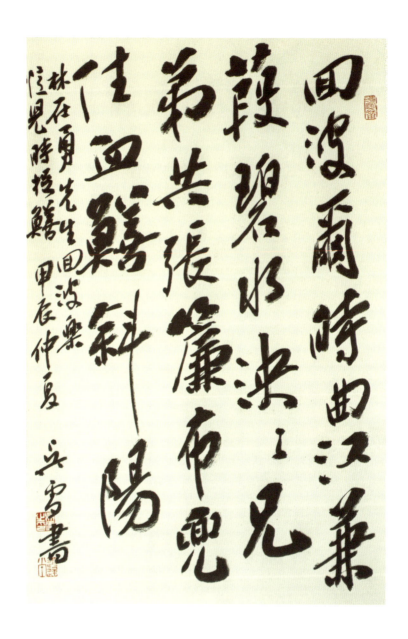

吴雪，中国书法家协会理事，安徽省书法家协会主席，安徽省第六届文联主席。

回波乐·忆儿时捉鳝

回波尔时曲江,蒹葭碧水泱泱。兄弟共张帘布,兜住血鳝斜阳。

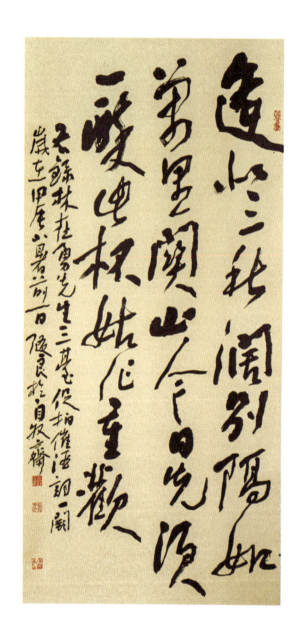

唐超良，又名唐遂良，自牧斋主人。中国硬笔书法家协会理事，上海市书法家协会篆隶专业委员会委员，崇明区书法家协会主席。

三台·促拍催酒

逢似三秋阔别,隔如万里关山。今日先须一醉,此杯姑作重欢。

纥那曲·菠菜

别字本无情,记言听错声。秋菠暗相送,春播草中生。

啰唝曲·羊

岁岁三阳祝,开泰呈吉祥。自从新疫后,疑似忌称羊。

摘得新·雨前茶

热雾遮，飘飘落落花。看花春在水，雨前芽。晨昏烦虑涤清爽，一杯茶。

解红·小院雨中曲

夜昼续，管弦催，一江逝水春睡回。梦使方舟善讴女，出舱且舞且嘘吹。

赤枣子·园中偶遇戴胜鸟

俏样貌，好名呼，花冠鲜羽作妍姝。一近可知何货色，闻声辨味臭姑鸪。

桂殿秋·遥念庐山

无远近，有高低，匡庐面目为身迷。西林寺壁东林石，两下三千万法机。

欸乃曲·新沪谣

吱嘎吱吱嘟嘎摇,摇呀摇到外婆桥。春江水急浪相浪,瞎子艄公漂啊漂。

采莲子·逐梦

梦里轻舟溯大江,(举棹)夕阳前面好姑娘。(年少)雨云更在巫山上,(举棹)脚下帆樯又一艘。(年少)

八拍蛮·视频晚会

一入电屏声色天,争春莺燕各啾喧。老调不成新拍子,年年听得莫嫌烦。

字字双·春居

时阴又阳惊复惊,忽热还寒争复争。园中尘起清复清,隔窗日月明复明。

甘州曲·春夜

日沉沦,星黯淡,夜幽昏,不思明日是嘉春。倦看过烟尘,但剩个、新上月来亲。

踏歌词·壬寅春上海师大学子感蒙牛伊利善举

莽莽思能到,苍苍意已明。春风吹草偃,牛首望天晴。丰馈入连楹,感德在诸生。

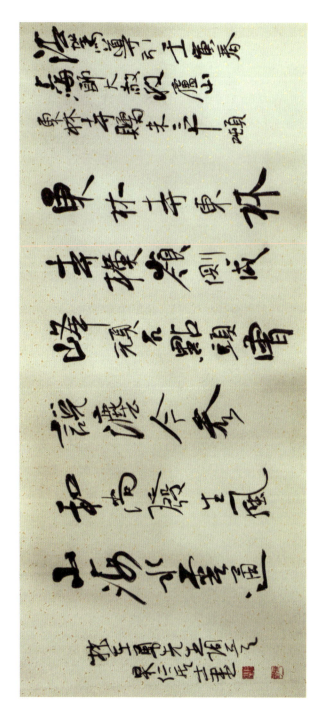

郭纪野，号果仁居士，中国佛教艺术书画院院士，上海江东书画院特聘书法家。

法驾导引·壬寅春上海师大敬收庐山东林寺赠米三十吨

东林寺,东林寺,横岭侧成峰。顽石点头曾说法,今参和尚发生风。山海水云通。

遐方怨·春乏

春固乏，事何奇。莫得炊焉，急风成灾知不知？早开仓廪备荒时。蛰惊将谷雨，雨迟迟。

思帝乡·金陵忆旧游

金陵，六朝谁帝京。前业往来轮替，亦膻腥。长把后庭花唱，未关亡与兴。偏有做诗人道，不堪听。

误桃源·母亲节戏笔

羡煞白娘子,未学养儿方。廿年儿自强,状元郎。
放心塔下卧,终究是亲娘。不似我凡辈,为伊忙。

怨回纥·忆震后过汶川

地动前年事,崩山迹惨凄。恨天胡不恤,大祸至川西。

呜咽岷江去,犹言生死离。劫余多善后,新屋挂红旗。

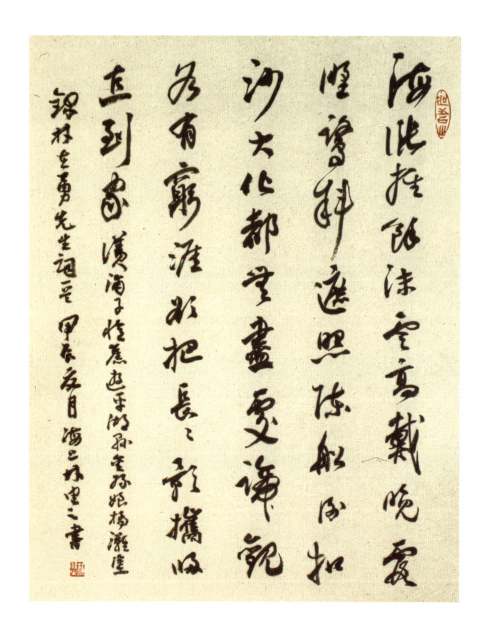

林建国,字健之,上海市书法家协会会员,上海市政协书画院特聘画师,浦东新区书法家协会副主席。

赞浦子·忆旧游平湖县金丝娘桥滩涂

海涨推余沫,云高戴晚霞。野鹭斜遮照,陈船倒扣沙。

大化都无尽处,谛观各有穷涯。欲把长长影,携归直到家。

蝴蝶儿·蝶儿痴

将午时,郁香迟。半园花树蝶儿痴,落飞绕一枝。

观者谁探问,看他执著之。人间无数各相宜,也都听自知。

雪花飞·北京智化寺古乐

禅寺犹传古乐,唐风吹管鸣金。工尺明初旧制,来耳归心。

花雨缤纷下,姑名曰梵音。听得澄清智化,有触难禁。

沙塞子·壬寅春园

四月春来还去,花寂寂,日骎骎。有境不随心转,到而今。

老耳听风都惯,疑树响,是蚊音。昏眼应观何处,懒思寻。

诉衷情令·忆到梅家坞周总理纪念室

钱塘到此两三峰,天竺更山中。九溪龙井相待,不误采茶工。

怜翠雨,过烟虹,落梅风。几曾伊到,如是春来,人说周公。

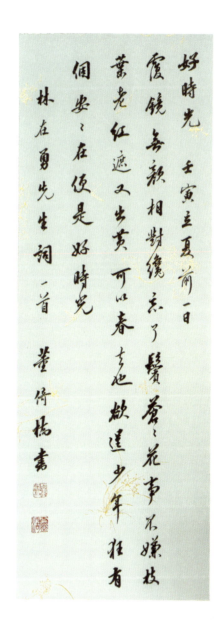

董倚桥,中国书法家协会会员,中国书协大型活动课题组成员、学术审读专家委员。

好时光·壬寅立夏前一日

覆镜无颜相对,才忘了、鬓苍苍。花事不嫌枝叶老,红遮又出黄。

可以春去也,尚欲逞、少年狂。有个安安在,便是好时光。

杏园芳·杂感

乖张躁切拘泥,伊三一道来齐。都云脑子好东西,奈何稀。

才知活久能多见,教人忍看离奇。浮生无眼或相宜,把头低。

彩鸾归令·想楠溪江上晨光

晨渐波清，雾缈春江又作晴。夜来逝水未曾停，卷鸥声。

目迷光晕流金碎，日出江花屑玉明。是谁粼动履轻盈，逆潮行。

张遴骏，别署食砚楼。西泠印社社员，中国书法家协会会员，上海市宝山书法家协会副会长，浦东篆刻创作研究会会长。

相思引·忆己亥

有鸟南方阜上安,弗鸣无翅止庭前。不因时至,何以一冲天。

宜尔若虫藏厚土,率然将蜕化蜚蝉。惊人曾悔,归默又经年。

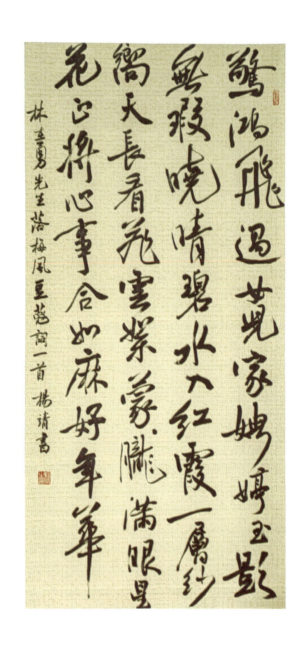

杨靖，上海市书法家协会会员，上海市文旅局宣传推广处处长。

落梅风·豆蔻词

惊鸿飞过女儿家,娉婷玉影无瑕。晓晴碧水入红霞,一层纱。

向天长看飞云絮,蒙眬满眼星花。正将心事合如麻,好年华。

珠帘卷·蓟北楼怀古,步欧阳修原韵

乌乎见,几多愁,瞻前望后登楼。怀抱幽州谁似,空言应且收。

何莫率然相寄,人间数十春秋。燕地纵余烟树,虽愤悱、亦优悠。

珠帘卷

[宋] 欧阳修

珠帘卷,暮云愁,垂杨暗锁青楼。烟雨濛濛如画,轻风吹旋收。

香断锦屏新别,人闲玉簟初秋。多少旧欢新恨,书杳杳、梦悠悠。

金盏子令·明旸清霖小满时

风光垄亩,过冬青麦渐黄时。祈天祷岁,要明旸惠照,催熟无迟。

江南又是,红绿肥瘦,入眼皆诗。更欲来、清霖爽雨,涨满园池。

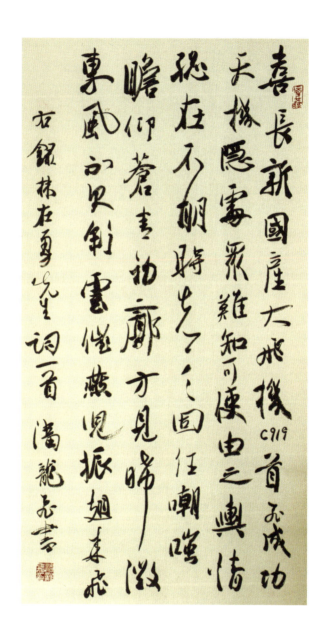

潘龙飞，1988年生，斋号七晋堂。中国书法家协会会员，上海市书法家协会理事、草书专业委员会委员，上海市青年书协副秘书长。

喜长新·国产大飞机 C919 首飞成功

天机隐处众难知,可使由之。舆情总在不明时,先言固任嘲嗤。

瞻仰苍青初廓,方渐晞微。东风不欠彩云催,燕儿振翅来飞。

献天寿·贺友弄璋

贺喜吾兄麟嗣生,福报天成。弄璋余庆兆隆兴,诸事必咸亨。

有儿如母姿容俊,毓秀钟灵。神仙耿直话难听,胜其父、更聪明。

庆金枝·夸妇逐日

妇喜听美言,日相问、答如仙。男儿教得没真假,顺口颂尧天。

勿言最恨无诚意,但凡有、怎排编。匹夫认命怕麻烦,早自当真先。

庆春时·忆塞维利亚春节

　　黄金城内,彤云天下,何处无春。蛮腰女舞,芳蹄马队,欢取岁时新。

　　沿街香帐,排设樽酒床茵。牛奔血幔,琴撩玉唱,风俗共天真。

鬲溪梅令·漫随曲径拨花藤

漫随曲径拨花藤,古榕青。落地皆来根气、活生生,一春缠抱情。

有些诗意理难清,韵偏成。便把相思心绪、作无名,任他来绕萦。

伊州三台·忆游埃及金字塔

欲将沙漠荒凉,隐去游人货郎。怀想太阳王,近摩挲、石头巨庞。

据云遥指天狼,岂道星空有常。古迹本迷茫,像狮人、不言主张。

月宫春·调用清真词

春宵此刻几千金,不舍月骎骎。嫦娥高冷俯观临,仰对似观音。

男儿有泪谁轻落,真到处、未免沾襟。千回百转却沉吟,一字莫厮侵。

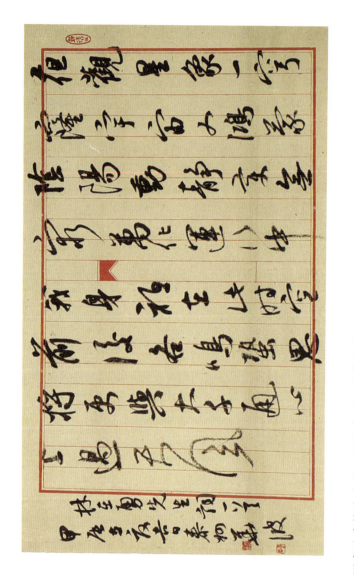

华波，中国书法家协会会员，上海市书法家协会会员，草书专业委员会委员，杨浦区书法家协会副主席。

双头莲令·夜观星象

夜观星象一穹窿,宇宙又鸿蒙。阴阳动静变无穷,万化运行中。

我身只在此时空,前后各鸣蛩。思将更与大千通,心上过天风。

极相思·苏武在北海

秋声又短芳华,霜色上蒹葭。临波植杖,把人看哭,才落烟霞。

羡慕羽族无谁管,将去远、莫辨鸿鸦。长安知在,茫茫对面,瀚海天涯。

惜春令·栀子花开

长忆儿时栀子花,如闻到、郁郁年华。一室香氛晨睡起,催念向天涯。

处处皆天涯,到今日、山海为家。父母音容安在也,花季剩伤嗟。

朱晓东,字滋德,别署同白,浅砚斋主。上海市书法家协会会员,复旦大学特聘书院导师,曾任上海韩天衡美术馆馆长。

孤馆深沉·过客吟

豪风看似起沦波,应不改长河。做善念阴功,一点事情,无可如何。

逆旅客、与人方便,量不算蹉跎。论修舍、且须留待,后来能者还多。

促拍采桑子·晨兴

晨到鸟先鸣,望天东、犹未微兴。时辰尚早,何来怨憝,将梦喧惊。

想必因床宽广大,怕流连、耽误清明。乌鸫婉转,朝暾爽亮,欲我前行。

怨三三·俄乌战事

萧墙祸起弟兄嫌,外有残贪。气类乖情利害掺,两相斗、更围三。

人心可怕无惭,看因果、何须筮占。正草长禾芰,莺飞时节,激战犹酣。

导引·忆访特里尔马克思故居

小楼就在，罗马古遗城，尘藓旧门庭。德文标识兼猜问，循一路思行。

其人器局对苍生，学问辨形名。寰球推举谁为首，高尚在公平。

入塞·拟歌剧唱词以文言出之

恼人哉,这相思、变了灾。又昏昏一日,坐卧费安排。人没来,梦没来。

你如将心比我怀,怎么能、如此不乖。思前思后弗应该,真让猜,假让猜。

双雁儿·生儿育女

无知弗畏是当年,弄瓦喜,弄璋欢。个中甘苦自熬煎,小多愁,大更烦。

父慈儿笑母严专,若不管,闹翻天。圣人夫子奈何言,近之难,远也难。

恨来迟·动影浮香

动影浮香,十年摇曳,几个天天。问记得何些,忆来多处,好景怜焉。

幸到今、故事尚真鲜,更把前后成篇。正读过新词,牵还旧爱,日子依然。

献天寿令·美元

一百年来崇拜,花旗帝国银行。通行寰宇坐中央,俱掌天下钱粮。

数字迷魂成虚拟,随便印、薄纸一张。凭空灰绿色金黄,何物万寿无疆。

红罗袄·晓起见天色青红日明于东月朗于西得句

偶涉他人道,还渡自家关。念漫指邀樽,诗仙明月;任埋随锸,霞客青山。

半明白、生趣多欢,都于醒梦之间。有处曰天边,到得未、直欲眼门前。

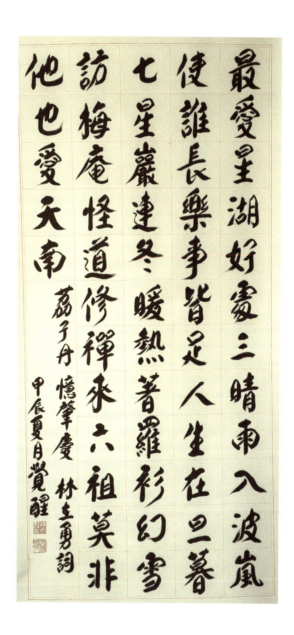

觉醒，中国佛教协会副会长，上海玉佛禅寺方丈。复旦大学哲学博士，上海觉群文教基金会理事长。

荔子丹·忆肇庆

最爱星湖好处三,晴雨入波岚。使谁长乐事皆足,人生在、旦暮七星岩。

连冬暖热著罗衫,幻雪访梅庵。怪道修禅来六祖,莫非他、也爱天南。

金错刀·取意汉张衡诗美人赠我金错刀

红渐绿,夏犹春,年年花事又添新。不因物喜耽安乐,何为蒿忧动恚嗔。

多觉悟,更精神,天时难夺是天真。美人赠我金刀意,菩萨怜伊白玉身。

南乡一剪梅·步元虞邵庵韵

吾有钓诗台,象管椒浆对摆开。气贯纶垂天与地,神自勾来,道亦同来。

分水入霞杯,泼写江山擅点苔。看与庄生差强意,知也无涯,情止何涯?

南乡一剪梅·招熊少府
〔元〕虞集

南阜小亭台,薄有山花取次开。寄语多情熊少府,晴也须来,雨也须来。

随意且衔杯,莫惜春衣坐绿苔。若待明朝风雨过,人在天涯,春在天涯。

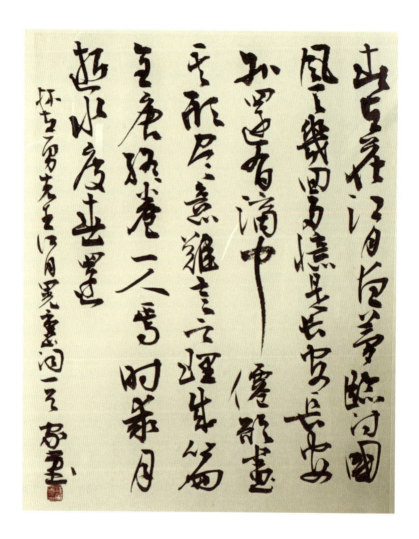

汪家芳,中国美术家协会理事,国家一级美术师,上海市文史研究馆馆员。

江月晃重山·春江花月夜

春在花江月夜,梦临诗国风天。几回多忆是长安,长安外,还有谪中仙。

欲画其形尽意,难言之理成篇。全唐终卷一人焉,时乘月,逝水度春还。

厅前柳·忆己丑冬湄洲险渡得安

浪偏多,对夕照,湄洲渡,访仙艖。拜妈祖平安赐,驾恩波。看来处,雨风和。

相不异,观音神色里,把愁烦苦恼撕罗。为着心迷惘,世娑婆。愿菩萨,量摩诃。

荷叶铺水面·咏睡莲

霞辉忍去,凉情暗入怀。芳心紧束夜沉埋,美人睡样子,怨恼恨嗔梦里捱。

朝阳碧水台,愁门一夜锁,卧对懒理裙钗。昨那个人来,乍扣热晴窗,开不开。

家山好·上师奉贤校区月星湖黑天鹅

种花湖畔绿蕤萝,青春柳,黑天鹅。关关也似河洲唤,暮朝歌。两交颈,作心科。

一双仙侣家山好,去岁筑新窝。严慈背上,雏儿坐卧大船逻,全家荡碧波。

步虚子令·上师奉贤校区夜观北斗

海湾蓝夜仰天晴,风逐絮烟轻。辨天权暗,紫微玄象分明。一四七,数星星。

但欣老眼无云翳,遮不住、信能凭。斗形定了,任他旋转经停。四季变、看还清。

花上日令赠花鸟方家石元道兄

冬春来夏日清嘉燮番至信风花气分三候连三季各芳华梅傲雪栋栖霞长与画师遥约酒他墨妙我诗娇有情岁月花前过好生涯尚能饮复何加

林在勇先生词一首 吴雯婷书

吴雯婷，1991年生，中国书法家协会会员，上海市书法家协会会员，奉贤区书法家协会副主席兼秘书长，上海市青年书协理事。

花上月令·赠花鸟方家石元道兄

冬春来夏日清嘉,几番至,信风花。气分三候连三季,各芳华。梅傲雪,楝栖霞。

长与画师遥约酒,他墨妙,我诗姱。有情岁月花前过,好生涯。尚能饮,复何加。

仄韵小令
76首

拜新月·壬寅三月

枝繁渐将暑,上月恰疏略。越发看不清,乱丛争啼雀。

梧桐影·春炊

餐个风,茹些素。咸淡管他匀不匀,偏偏筷到无盐处。

醉妆词·前蜀后主王衍创此格

醉妆也，小巾也，前蜀宫廷夜。或诗也，或词也，后主随心写。

晴偏好·寒温反常

公平应属春秋义，荣枯代谢分时季。今年异，颠三倒四阴阳戏。

塞姑·春夏飞絮,和唐无名氏原韵

乱絮飞毛入口,闭眼无能拒守。春月风来夏初,不辨梧桐杨柳。

附

塞姑
[唐]无名氏

昨日卢梅塞口,整见诸人镇守。都护三年不归,折尽江边杨柳。

花非花·步香山韵

晴催花,雨生雾。未必来,何曾去。来来都在偶然时,去去应归非想处。

 ## 花非花
[唐]白居易

花非花,雾非雾,夜半来,天明去。来如春梦不多时,去似朝云无觅处。

章台柳·步唐韩翃寄柳氏韵

春来柳,春来柳,莫问章台攀折否。骨弱腰弯任摆摇,一低何怨薅青手。

 ## 章台柳·寄柳氏
[唐]韩翃

章台柳,章台柳,往日依依今在否?纵使长条似旧垂,也应攀折他人手。

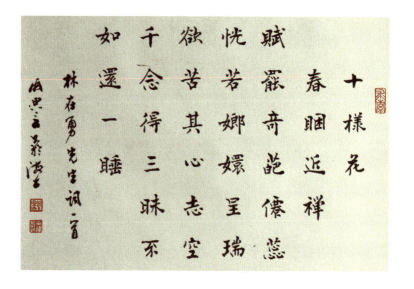

周思言，1950年出生，中国书法家协会会员，上海艺术进修学院教授。

十样花·春困近禅

赋罢奇葩仙蕊,恍若娜嬛呈瑞。欲苦其心志,空千念,得三昧。不如还一睡。

春晓曲·题石元兄壬寅春作牡丹白菜图

寻常物什难勾勒,费了丹青水墨。小民看菜贵如花,不觉牡丹真国色。

一叶落·近秋

一叶落,应知却,夏长盛极隐秋作。树蝉两样情,浮生都无错。都无错,大化观摩着。

醉吟商·忽忆丙辰春,步白石韵

素雪哀声,伫立泪成冰缕,喇叭听处。
谓悼周公去,亿万民心何诉,苍天不语。

附

醉吟商·小品

〔南宋〕姜夔

正是春归,细柳暗黄千缕,暮鸦啼处。
梦逐金鞍去,一点芳心休诉,琵琶解语。

饮马歌·梦觉

乌云沉旷野,黑雪将风下。侧听遥悲马,草声才吹罢。梦怔忡,醒懵憧,竟在春城夜,说闲话。

望江怨·忆游安徽和县霸王祠

春江急,逝水茫茫断舟楫。虞姬歌已寂,败如山倒何营茸。汗骓勒,肯为面颜羞,过江还叵测。

望梅花·三月十九夜饮啤酒一壶

池水微涟痕迹,夜鹭无声消息。素月流云相啮蚀,郁气凉风吞吃。将酒不分清浊液,权作今宵凭藉。

归国遥·答旧友

　　凝语,各有立场都自许,百千棱镜凭举,所知随所遇。

　　久怨不因羁旅,恨情非远距。扰风还乱思绪,夕阳长影去。

玉树后庭花·遥题徐公石元玄素草堂

栽花种树微园阔,日观鲜活。草堂玄素歆衣钵,大聋通脱。

石元漓洒方提掇,款书谁跋。林公且把诗拈撮,不得藏拙。

［注］大聋,吴昌硕别号之一。

散馀霞·谷雨前傍晚闻雷

今宵猜月云浮泛,况下弦冉冉。无所将待于天,便随他色黯。

余晖或藏电闪,向那边凝览。雷响好大声儿,却无些雨点。

万里春·梦语寄尹兄

鸣鸾舞凤,玉阁茅台香送。漫游观、指点江山,却原来一梦。

笏板须无拱,把牙板、醉歌敲弄。剩无多、几个春来,算应携相共。

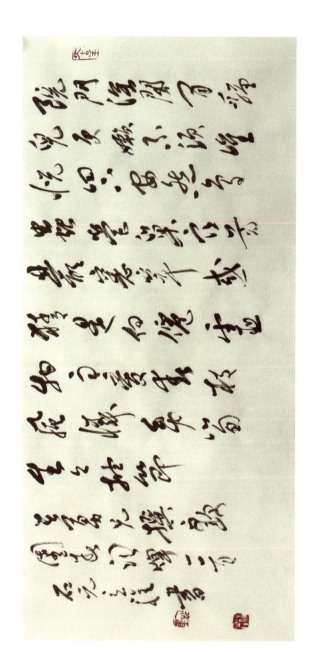

徐立铨,号石元。国家一级美术师。中国美术家协会会员,上海市美术家协会常务理事、浦东新区美术家协会主席,上海书画院执行院长。

锦园春·校园

院门深闭,闲猫儿更懒,不须谁悦。四下安然,鸟虫营巢穴。

芳丛窸窣,或猜是、白仙灵物。雨爱春枝,风怜幼笋,生生抽节。

太平年·曲出《高丽史·乐志》

　　新年才祝登丰岁,好释然一醉。嘉春应有众芳会,数奇葩孰最。

　　欲问阴阳和谐未?见喘听牛对。天上雨花坠,弗误歌吹。

西地锦·忆乐山大佛

近睹新青旧藓,把观舟放远。头摩翠顶,趾浮碧水,耳听风愿。

自洗凡心尘面,勿金身妆焕。佛光自在,游人即去,江流长转。

叶军，湖北美术学院教授、硕导，曾任湖北美术学院中国画学院院长。中国美术家协会会员，湖北省美术家协会理事，湖北省工笔画学会常务副会长。

江亭怨·忆鄂州长江中龙蟠矶观音阁

神笔点金凤渚,飞阁落天蟠屿。独立大江中,唯此无双胜处。

一万里来可拒,八百年还应许。烟水欲流连,转拜回头东去。

贺圣朝·忆游大明宫遗址

长安如梦观兴废,云蒸霞蔚。同天之下,八方来悦,大明宫内。

经参玄奘,诗留太白,魏征庭对。我行遗址,自生遐想,怅然滋味。

甘草子·壬寅春感龙冠烟厂俞总馈赠

烟草，积常成习，争可须臾少？比较无呼吸，无食区区小。

时困得兄姓如鲍，况善业、天香地造。分与同仁众欢倒，欲木桃琼报。

海棠春·忆西班牙圣地亚哥-德孔波斯特拉古城

海棠开处宗城晓,朝圣路、千年古道。又是故春来,更有新人到。

两神兴替冤相报,救世主、谁家大小。但看眼前花,往事知之少。

双鸂鶒·园池遇鹭

向晚环行春浥，夜鹭闲闲梳翼。停步未曾惊逼，翩然飞去何急。

野草丛中声唧，雏鸟似能亲昵。又怕茕茕孤立，猫儿来作天敌。

黍華瞻阪又接晴疇遠正是金風
小滿不誤農時熟登秋社飯小民
何願歲歲耕桑勸好過笙歌千萬
懂得相安人間天下管

錄林在勇先生梅弄影讀詩小雅瞻彼坂田詞海上俞伊軍

俞伊军，中国书法家协会会员，上海市书法家协会会员。

梅弄影·读诗小雅瞻彼阪田

黍华瞻阪,又接晴畴远。正是金风小满,不误农时,熟登秋社饭。

小民何愿,岁岁耕桑劝。好过笙歌千万,懂得相安,人间天下管。

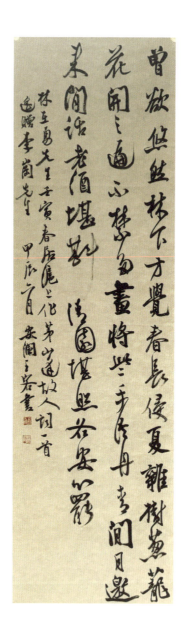

王客，本名王方呈，华东师范大学副教授、硕导，中国美术学院兼职硕导，西泠印社社员。中国书法家协会会员，上海市书法家协会理事、楷书专业委员会秘书长，徐汇区书法家协会主席。

茅山逢故人·寄李岗兄

曾欲悠然林下,方觉春长侵夏。杂树葱茏,花开三遍,不禁多画。

将些手语丹青,闲月邀来闲话。老酒堪斟,清园堪照,各安心罢。

阳台梦·忆乙未冬雪晨入北门独游颐和园

后山阶上香岩处,阁名宗印曦初遇。夜来清气雪精凝,正金光映絮。

登高南面瞰,笼统江山驾驭。胜园专属更无谁,踏雪昆湖去。

归去来·观小友捉刺猬

年少贪顽多趣,夤夜无头绪。抓只偷瓜獾肥饫,频投喂、刺球拒。

观辨何凭据,毛虫界、也分男女。窠丛也有相思侣,当归的、放伊去。

惜春郎·忆昔自北大红楼行至故宫角楼

眼前形影皆删略,但见些如昨。红楼侧近,角楼东北,行且寻着。

每会神来多不学,便任我兴作。既往人、各有精神,要领得之惟觉。

双韵子·戏言小子谈恋爱

期期艾艾,小心惴惴,痴痴言个。好词倒倒颠颠,听说说、卿卿我。

明明妥,亲亲可,偏偏却、乖乖左左。笑他结结巴巴,真傻傻、呆呆么。

尹后庆，中国教育学会副会长、上海市教育学会会长。

醉乡春·举觞遥祝尹华兄

对爵便思兄好,山隔水遥呼醑。祝语俗,慨歌狂,何莫两相长啸。

若问暮年嫌早,欲做英雄显老。酒香召,醉乡招,这厢有处应能到。

满宫花·赠国宾兄

托浮生，推大衍，成住坏空流转。无常诸事怒嗔何，万物视无经眼。

道非非，心坦坦，死病老生观返。此樊夫子最清明，教我十分稀罕。

使牛子·闻韩统领府迁址

　　吉凶首府谁居得,青瓦白台就职。形制古朝鲜,来是藩王海东国。

　　动迁改运新妆饰,从此应安反侧。叵耐两洋间,要看风云翻脸色。

折丹桂·祈象儿中考

春闱总把登科急,世俗浑名实。吾儿身手老夫知,小肯綮、牛刀执。

百家牙慧何堪拾,闻一当知十。期君无负好平生,大处去,多真识。

竹香子·戏言上海丈夫

这下消停长跪,领导大人得罪。家中说了算何人,搞得拎清未?

休教教训白费,好歹儿、反省知悔。应该干的干嘛嘛,晓得些儿敬畏。

庄崇宏，中国书法家协会会员，福建省书法家协会青年艺术委员会委员，泉州市书法家协会副秘书长。

城头月·忆武夷山闽越国古汉城遗址

山原夕照王都气,局面犹无已。野草荒沉,明星引上,古月城头起。

惜哉闽越私皇玺,汉武谁堪比。过则风摧,沧桑灭迹,霞落烟村里。

四犯令·校园见松鼠

一上高枝登贵谱,雅号称松鼠。院内多栽梧桐树,思未必、留他住。

常有心情寻一顾,缘到仙姿睹。更怕猫儿将他忤,应各在、春深处。

破字令·诺瓦利斯与索菲哲学

哲学难缠处,说智慧、还无头绪。乡愁冲动觅家园,让精神好去。

科玄辩论谁能主,验于真、理推之与。两边不认,中间且自,执些言语。

浮世乱花风归逐春何已日甘肥供养之殼漏子莫不空一误会竟何多亲了如生死要把此身使勤修舍利子还是贪心矣

林主勇先生黄鹤润僧词一首 甲辰春日爱華

金爱华,号宝晋斋主。上海市书法家协会会员,上海长三角画院副院长。

黄鹤洞仙·浮世乱花风

浮世乱花风,蹄逐春何止。日以甘肥供养之,壳漏子。莫不空空矣。

误会竟何多,未了如生死。要把吾身使劲修,舍利子。还是贪心矣。

花前饮·喂猫

一春猫闹结群队,叫嚎的、撕心摧肺。想那模样儿,没法看、多淫猥。

院里阿黄野成鬼,到天亮,才窝来睡。半夜都不回,问你个、浪荡罪。

探春令·忆丹麦哥本哈根小美人鱼铜像

北边寒色,入春何到,苍茫无主。雪残更压冬青树,刻将晌、天方曙。

情歌寂尔人鱼女,坐冰凉蚝浦。待往来、海鸟游船,谁凭续写相思谱。

凤来朝·和周邦彦佳人调

仗著千娇面,一天天、就来捣乱。问颠三倒四、谁能管,却又道、爱须惯。

恨个苍天偏眷,小丫头、是真好看。只剩得、声声叹,没法子、把她办。

秋夜雨·白仁甫玄宗太真四折杂剧

梧桐滴雨秋风落,如闻长恨歌着。香山何说尽,把故事、添声成乐。

偏教正末悠悠唱,此处听,离乱轮廓。不得才索莫,一姓白、都寻心虐。

伊州令·遥寄

　　谁将二十年前业,犹作今生劫。心念无端飘忽来,夜有雨、风声霎霎。

　　虚眠成梦丛沓,晨鸟多嘈喤。新添一日事纷纷,且收起、安安自洽。

木笪·话不投机，步宋人韵

话不投机，须莫再、多嘴半丁儿滴。尚有情分待追忆，剩些些、脸面还要得。

附

木笪
［宋］无名氏

酒入愁肠，谁信道、都做泪珠儿滴。又怎知道恁他忆。再相逢、瘦了才信得。

菊花新·转日莲

望日葵生春过半，茎挺头摇天上看。非必向阳开，根立住、自知焉转。

有无蜂蝶都金灿，悄然间、结成圆满。盘扎不虚空，低顾盼、尚多颜面。

引驾行·忆廿年前与诸兄托词加班夜打乒乓每有诸贤嫂电话查访

年逾三十,贪欢玩个球呼啷。下班时、有公事,都把老婆欺诳。

承让,出手狠、口头输赢,要兑酒钱账。忽查访、弹声嘀嗒,捉中逃、落听响。快快。

玉团儿·董秀英花月东墙记

何来泪下巾沾湿,为他去、愁丝绞织。算是初逢,还无多话,心痛颜赤。

离奇幻想难敷释,蓦地觉、曾经与识。必得三年,有缘天上,今报一日。

锯解令·读诗经终风篇有写喷嚏

岂因花粉感春烦,为念想、三千喷嚏。民间谚语讲分明,应验了、有人在意。

一情两地,日夜云晴雨霁。诗经早已写终风,若不信、字间瞠瞠。

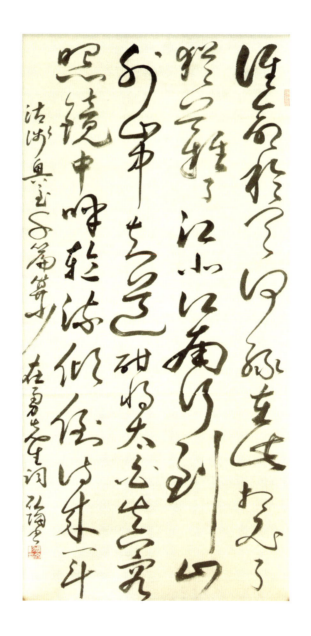

周文彰，笔名弘陶，哲学博士，研究员。曾任国家行政学院副院长、博导，中国书法家协会理事，现任中华诗词学会会长。

倾杯令·谁命于天

谁命于天,何缘在此,想必了犹难了。江北江南行到,山外山中知道。

酬将太白真容照,镜中呼、轮流倾倒。诗来一斗沾浅,兴至千篇算少。

寻芳草·野猫

牖外野猫穴，为闲着、颇观真切。太平时、没事都好说，各无声、舔毛屑。

最怕起春风，两相斗、把冤家结。也难分、胜负皆沾血，他世界、生生灭。

珍珠令·忆谒冯子材故居

江山代谢来迟早,烽烟杳。恰盛夏、钦州游到,花事晚村山,为流芳正好。

局面撑持冯少保,尚能饭、比廉谁老。谁老,一战镇南关,将军年少。

寿延长破字令·公园俩老头儿

归休老赵闲无事,又新添雅致。遛鸟提笼公园置,树头喧、谁听彼此。

老李颇娴栽红紫,便端盆炫示。名贵莫辨人前指,日日来、摆花架子。

折花令·秋忆

雨霁新晴,秋光不管人堪受。熟句里、安红瘦,风过树梢听,是天音否。

一岁佳处,阳春恰在行秋后。枝折插、来生瓯,似九月花开,花开也久。

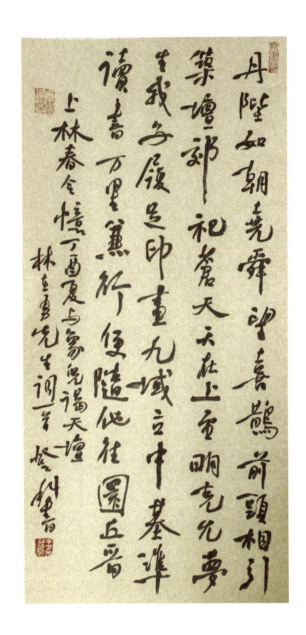

王登科，历史学博士。曾任《中国书法报》副总编辑、荣宝斋书法院院长，现为中国书法家协会楷书专业委员会委员，中国国家画院研究员。

上林春令·忆丁酉夏与象儿谒天坛

丹陛如朝尧舜,望喜鹊、前头相引。筑坛郊祀苍天,天在上、至明克允。

梦生我子履足印,画九域、立中基准。读书万里兼行,便随他、往圜丘晋。

端正好·观莫奈印象画展

莫奈花园阳光笼,鳞鳞点、干草茸翁。妙来遮眼眯睛缝,印象玄、烟云瀚。

睡莲开时晴波动,晨昏日、都遗前梦。凡尘透视接天共,有梵音、祥和颂。

天下乐·花脚蚊子,步韵宋人杨无咎逃禅词

白脚虎蚊乱舞雪,忽附体、叮未歇。阴奸凶顽痛痒切,昏来昼、也无差别。

杀气重、菩提愿不撅,外国种、应无说。恶须尽斩心欲铁,况他传、登革热。

 ## 天下乐
[宋] 杨无咎

雪后雨儿雨后雪,镇日价、长不歇。今番为寒忒太切,和天地、也来厮别。

睡不著、身心自暗撅,这况味、凭谁说。枕衾冷得浑似铁,只心头、些个热。

鬓边华·约往巴黎

　　约将神往那处,行左岸、风天媚妩。猝然来、亲耳笙歌,夜明昼、金波火树。

　　闻今稍不如前,圣母院、焚烧变故。记些的、还是欢情,善真美、钟楼上赋。

玉楼人·少女写情书

　　被他模样辞锋撼,才一瞬、心生好感。无名情绪常来,似怀春、多少有点。

　　修书一纸先将探,用尽咱、辗转神胆。怕他笑我多情,这些儿、说的平淡。

金莲绕凤楼·忆惠州西湖元宵灯舟

碧水红天纷如市,今夕闹、惟元宵事。簇花都作祥安字,彩灯船、漫西湖是。

人生也须岭外,方体会、怡然韵致。忽听丝竹朝云制,黄钟宫、似升平世。

夜行船·忆三十年前申甬航船

直下吴淞江口,便转向、夜航南斗。西边天色半红云,念申城、电光仍昼。

身海微茫真宇宙,思先祖、昔曾行走。此渡宁波林宅去,待明朝、欲人知某。

金凤钩·防疫闭园,步晁补之送春原韵

谁生活,在他处?莫负了、夕晨晴雨。种花除草,客居修舍,虽说也非久住。

围城心切归乡路,枉费着、往来多步。煮茶烹酒,沁神天露,还趁读书眠去。

金凤钩·送春
[宋]晁补之

春辞我,向何处。怪草草、夜来风雨。一簪华发,少欢饶恨,无计殢春且住。

春回常恨寻无路,试向我、小园徐步。一阑红药,倚风含露。春自未曾归去。

鼓笛令·忆六一儿童节队鼓

放歌小小青松树,白衬衫、海蓝长裤。嘀叭咚咚腰打鼓,领巾系、一红飘舞。

节在玉兰花序,夏方来、一场春雨。合伞虚看都无语,忘名字、童男少女。

徵招调中腔·上师奉贤植物园纪实

黄鹂两个相鸣悦，幸福树、开花金玦。笨翅蝶儿喜蟠桃，乱绕飞、落瓜瓞。

浮萍子午莲将闭，坐一只、闲蛙游歇。水皱现身小龙虾，偷觑暗把叶边拽。

玉阑干·壬寅春夏校园常遇刺猬，步宋杜安世原韵

风花渐野寻常景，鸟雀未怜春去尽。宜多茂盛养闲虫，窝边草、猬行丛径。

约来相见稍凭信，只月明、迟早无定。白仙与我必投缘，听声音、好将随趁。

 ## 玉阑干
〔宋〕杜安世

珠帘怕卷春残景，小雨牡丹零欲尽。庭轩悄悄燕高空，风飘絮、绿苔侵径。

欲将幽恨传愁信，想后期、无个凭定。几回独睡不思量，还悠悠、梦里寻趁。

遍地锦·壬寅年芒种将至

历历春光任留取,眼迷离、一头云雾。似悲欢、各不相通,与岁月、难来共处。

夏方多、夹竹桃花,自芳菲、未曾耽误。欲做些、芒种之前,合节气、还能育抚。

茶瓶儿·忆陕西合阳黄河洽川关雎景区

落霞飞还空雁渚,两三只、闲停鸥鹭。河曲分头伫,怕人家说,乱点鸳鸯谱。

传是关雎鸣和处,应可以、思春怀古。天际闻钟鼓,好述新赋,谁又酸甜苦。

柳摇金·壬寅三春忙闲不废诗书,步沈蔚原韵

今春常探月宫殿,百十夜、盈虚数遍。欲把天机窥玉管,算方知、一年过半。

闲陪云笈约清风,每会来、新欢熟面。世界纷繁思毂绾,句章篇、点些些断。

柳摇金
[宋] 沈蔚

相将初下蕊珠殿,似醉粉、生香未遍。爱惜娇心春不管,被东风、赚开一半。

中黄宫里赐仙衣,斗浅深、妆成笑面。放出妖娆难系绾,笑东君、自家肠断。

卓牌子令·忆莫干山居

云窗前峰峙,相对祝、诗欢酒次。闲了正好清谈,道些山驻其缘,我来何事。

推敲新得字,为一二、多知三四。体会格有高低,韵分宽窄,无非个中人自。

二色宫桃·笑少年写情书

恍惚芳名书尺幅,莫不是、神来箕卜。知我意儿笔有灵,应非止、紫毫斑竹。

凭将一气成函牍,又担心、表情仓促。把个欲仙欲死身,先安稳、自求多福。

市桥柳·赠拜老爷子

岁运变、何须自扰,看你一天天老。还能饭否堪忧,硬来难,软来也难巧。

四面忽悠怜悖耄,大声宣、阿美我回来了。梦里做、真行耶,算行吧,送君走好。

宜男草·娘戏儿

丹棘金针忘忧草,佩娘身、便无烦恼。真唬人、莫是黄花小菜,家里有、锅翻勺炒。

养儿才觉中招了,这东西、十分难搞。今劝人、莫信生男大吉,名好听、听听就好。

倚西楼·美国国家大教堂鸣钟千声吊百万疫殁者,用钦谱宋人原韵

每殒千人钟一打,丧报千回鸣永夜。鳄多咸泪托空悲,星乱黑条旗半挂。

听死他家该死天,问责何人都责卸。哀声频响扣良知,谁忍一一数来、一下下。

倚西楼
〔宋〕韦彦温

禁鼓初传时下打。虚过清风明月夜。眼如鱼目几曾乾,心似酒旗终日挂。

银汉低垂星斗斜,院宇空寥银烛卸。西楼萧瑟有谁知,教我独自上来、独自下。

扫地舞·少男少女搭讪

前撞见,昨遇见,撞时遇时神目眩。今又现,三次面。早已寻思千万遍,暗生恋。

有一搭,没一搭,有时没时把话拉。她不答,找缝插。想必心思还乱杂,怕谖諮。

换韵小令
15 首

西溪子·心动

醒睡连来成梦,都为那人心动。雨天长,悲也坠,欢也坠,天也流干眼泪。令梧桐,滴听空。

风光好·芒种天

树葱葱,鸟喁喁。初夏熙风授不同,看劳农。

年时来此风光好,迟还早。欲把忧怀捋顺从,漫行中。

半生多情債償欠
椿萱愛至親栽種
嘉歲芳華　次第
晴安雨驟待開花
待開花便惱無聲
室馨人在家

感恩多先父所營陽臺小花圃
在勇詞一首小榆書

沈小榆，上海音像资料馆副馆长。

感恩多·先父所营阳台小花圃

半生多情债,亏欠椿萱爱。至亲栽种嘉,岁芳华。

次第晴安雨骤,待开花。待开花,便悄无声,室馨人在家。

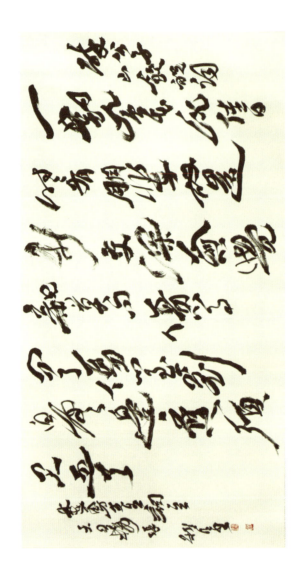

张雅臣，字石节，斋号天石楼。中国书法家协会会员，河南省美术家协会会员。曾任西安美术学院客座教授。

醉公子·山饮祝词

一对风花酒,佳日时时有。朋辈故还新,交深愈觉亲。

莫问伤心事,问了伤心至。今到白云边,应须尺五天。

中兴乐·又加餐

姐妹天天聊减肥,空谈更待何为。饿将瘦,才有,帅哥追。

勾肩逛到新街口,香香嗅。凤头猪肘,须够,就一回回。

纱窗恨·劝慰

悲欢得失谁人问,自斤斤。去来无定多愁恨,扰纷纷。

梦回便向小园踱,流金曙、正晓深春,又发新枝、欲香分。

恋情深·瓜洲夜渡怀古，步五代毛文锡原韵

逝水瓜洲如噤咽，对千秋月。客舟眠未怨孤衾，到江心。

非能言者有愁侵，谁得入诗林。浩淼卷来都诉，恋情深。

恋情深
[五代] 毛文锡

滴滴铜壶寒漏咽，醉红楼月。宴馀香殿会鸳衾，荡春心。

真珠帘下晓光侵，莺语隔琼林。宝帐欲开慵起，恋情深。

柳含烟·常熟子游墓,步毛文锡原韵

虞山似,武城春。绿树游人磴道,墓中言子是何人,敬如神。

昔日弦歌闻一曲,洙泗江南接续。割鸡相戏好师门,玉成恩。

 ## 柳含烟
[五代] 毛文锡

河桥柳,占芳春。映水含烟拂露,几回攀折赠行人,暗伤神。

乐府吹为横笛曲,能使离肠断续。不如移植在金门,近天恩。

农夫，中国书法家协会会员，中国美术家协会会员。

偷声木兰花·海棠

算来情绪时将夏,花落重提春已罢。何用相烦,一伞遮开谷雨天。

京城念望三千里,香在海棠微欲起。昨梦模糊,味浸神魂未醒苏。

思越人·忆杭州宁波两地凭吊张煌言

背南屏,茔肃穆,英魂别样西湖。再往明州寻旧迹,丈夫浮海雄图。

为之不可张苍水,人间一个精卫。岁岁大风东南起,奔潮打散飞泪。

梦仙郎·代拟春闺梦麟

欢然相遇,闲愁治愈,郎两岁、奶声憨语。真确是吾儿,还未作人妻。

佳梦悠悠滋味,晨来慢退,思必再、整衾重睡。天意兆何缘,儿报姓名先。

芳草渡·忆游镇江西津渡

　　沙洲隔,半长江。炊烟起,插斜阳。西津人物影虚长,分不出,今与古,念沧桑。

　　冤家去,须又遇,彼岸扬州仕女。牵人袖,断人肠。飘风絮,催泪雨,渡船茫。

清江曲·忆夜宿三峡大坝

为近长江夕照红,驱车千里宿洲中。但闻浪远遥星上,三峡真容夜黑风。

心潮未息晨曦坝,人天伟力都无价。到此欲羡不老山,长瞰安澜渐东下。

楼外漫天雪逐月 楼中人坐神游惬
山海纵横书与帷 清心入耳畔
声徽十二层楼飞直上斑星天
牛毒高敬书因知象对出谦
聊未试一惨鸣

林志勇先生 楼上曲黄镜诗书 甲辰遯庐洁明书

张洁明，号遯庐，中国书法家协会会员，上海市文联委员，上海市书法家协会常务理事、行书专业委员会副主任，金山区书法家协会主席。

楼上曲·夜读诗书

楼外漫天云逐月,楼中人坐神游惬。山海纵横尽兴归,清心入耳虫声微。

十二层楼飞直上,斑星天牛喜高敞。或因知我对书诚,翩翩来试一灯明。

梅花引·狗儿

　　欢蹦跳,眼含笑,讨嫌汪汪自家叫。一身毛,爱撒娇,给他点脸,他就天上飘。

　　真能胡闹真能吃,黏糊人时舔呼哧。打还来,骂还来,心说那人,不比狗儿乖。

平韵中调
10 首

接贤宾·题画

连绵雨下冷黄梅,竟秋意相摧。残春应剩几处,笔墨依归。

幸亏人老常经见,炎凉乱序多回。预备纱笼蒲扇子,相将暑热虫飞。夏方长,时正好,画一捧玫瑰。

张波，中国书法家协会会员，上海市书法家协会理事，嘉定区文联副主席、书法家协会主席。

寿山曲·三亚南山

仙凡界泯乎此，儒佛心同者人。循拾福山多级，澄观南海无垠。函三自在真谛，不二长生法门。天树浅深浪碧，香钟动静风春。合将爽气呼吸，待与飞云屈伸。

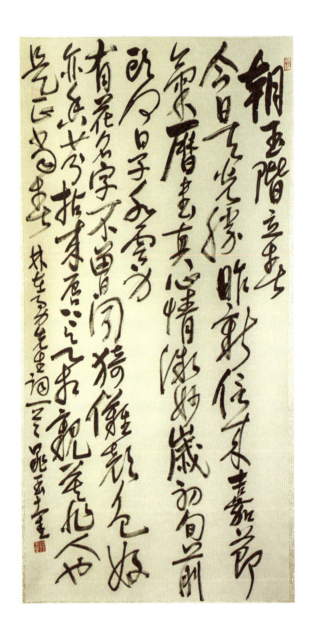

晁玉奎,别署古汉堂。中国书法家协会会员,上海市书法家协会副主席、草书专业委员会主任,上海市机关书法家协会主席。

朝玉阶·立春

今日天光胜昨新。信来嘉节气,历书真。心情微妙岁初旬。前头何日子,水云身。

有花名字不曾闻。猗傩颜色好,亦香芬。拈来唇上欲相亲。莫非人也是,正当春。

摊破采桑子·春分

一年来此欢心至,里外精神。变个忙人。水色天光各各亲。也啰,前后日,把春分。

残寒想必明都尽,大地回温。畅气舒身。看取桃花柳叶新。也啰,前后日、把春分。

摊破南乡子·清明

雀跃踏青行。春气息、芳草生生。有花无花都中看,这般也好,那般也好,饶是多情。

风把一边晴。云色渐,暗了山陵。当时悲涕如重至,先人可好,长思来也,纷雨清明。

甘州遍·立秋

才三伏,晴热八风休,片云收。浓荫烈照,喧蝉寂鸟,劳人逸驷暑悠悠。

星撒雪,月抛钩。璇玑一个消息,天道总周流。趁人睡,悄雨五更头。恰温柔,可亲可爱,此刻好晨秋。

缑山月·秋分

爱煞出朝暾，欣然入夕曛。丰收时节感天亲。若心情可画，红也似，金还是，染层云。

年年天气中秋好，今岁切于身。伤春熬夏幻如真。到天开雨后，俱往矣，都安否，享秋分。

胜胜令·立冬

江南秋味,把个春浓。柳枝摇绿透花红。天怜见的,小阳春,煦和风。正不晓、何处立冬。

几个姑娘,衫曼妙,舞惊鸿。莫非佳日久长中。鸦儿懂事,预先将,羽蓬茸。转瞬间,将变异同。

江城梅花引·大寒

梅花香处感人天，雪堪怜，树堪怜。红白青黄，触目各新鲜。廿四节时行到底，老阴变，少阳生，不大寒。

人喧，鹊喧，径自欢。去一年，迎一年，说好也好，总是好，有盼前边。多半存心，做个好人先。岁岁何烦周复始，应为着，此生生，又焕然。

王联合，安徽桐城人，教授（编审），现为复旦大学出版社副总经理，复旦大学书画篆刻研究会理事。

红林檎近·小寒

魁斗低垂没,杓衡深隐阑。四睇无所向,一思莫其边。渐来玄云冷月,竟是蛰气沉天。或作雾雨临轩。长夜不能安。

腊八从老例,三九近新元。炎凉世态,循环还过年年。愿宽心排闷,舒筋活络,酒香阵里驱小寒。

仄韵中调
16 首

步蟾宫·雨水

才将新梦入春睡,见收了、雪花纷坠。变寒温、没个准来时,怕也似、矫情滋味。

细声来下纤纤碎,远近遍,早春雨水。洗前尘,浇块垒,沐深恩,想应是,承天之馈。

冉冉云·惊蛰

　　木月初来土生克。晨卯兴、五行规则。萌发处、乙乙滋张无息。莫不是、都须着力。

　　地气音声又归默。谛听时、便来耳侧。爻象观、大壮雷天风色。把个虫儿惊蛰。

七娘子·谷雨

暖风吹老群芳去。不数旬,繁绿红余绪。算此春来,日才多许。秀荣阡陌应谷雨。

今春羁误游春旅。但凭窗、想个花间语。惟愿郊田,生生有趣。农时不误秋来遇。

后庭宴·立夏

　　春恨折花,絮烦飞厦,雨风晴热寻相骂。道心微妙学无成,吾今从众形而下。

　　因因果果形名,时令验之空话。桮耕耘耨,妨岁伤春稼。恁样且听天,此时方立夏。

鞓红·小满

望收犹早,祈蚕不晚。这档口、青黄待转。此心不足,总多期盼。岁月好、人间遂愿。

涨饱园田,敷盈池堰。夜向昼、霖霖续断。福宜勿过,泽当无漫,似这雨、唯应小满。

贺熙朝·芒种

五月人天皆倥偬,雨将花送,节来芒种。南方稼稻,北方收麦,各无闲空,劳者耕垄。

有忙才好裕资用,恰去岁黄粱,新扎糯香粽。倘槐根长梦,端午放舟,何以脩贡。

金蕉叶·夏至

云星遍洒乌金纸。今宵短、梦回伊始。几处蝉鸣,却还嘶哑声娇稚。一似去年夏至。

司晨不待金鸡起,五更初、震位明矣。日长许个明旸,万物生无已。尽在好光天里。

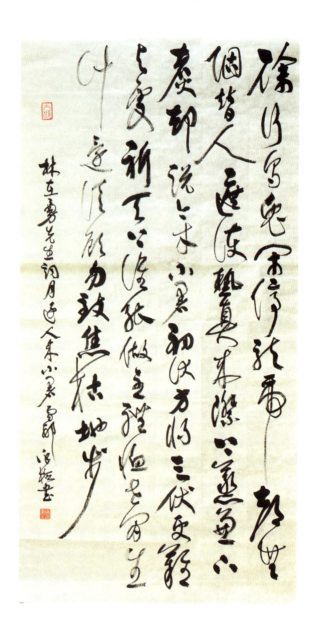

徐梅，字雪邨，号梅簃。同济大学博士，上海市政协书画院副院长，中国书法家协会会员，上海市女书法家联谊会执行会长。

明月逐人来·小暑

徐行乌兔。闲停龙虎。都无个、替人遮护。热真来际,上蒸兼下煮。却说今才小暑。

初伏方将,三伏更难与处。祈天上、谁能做主。体恤世间,生计还须顾。勿致焦枯地步。

握金钗·大暑

悬日系时停,晴光扣风住。旱荷红白当午。湿热交蒸溽滋土。人悄伏,物安生,天大暑。

昏夕月辉生,东南海风阻。仰观河汉星数。有似初云略起处。长日子,算秋来,将几度。

芭蕉雨·处暑

节气谁言处暑。尚多难耐日,须相处。偶为雨停风住。犹是酷热熬煎,逢秋老虎。

可怜天上织女。须托鹊儿聚。如七夕这般、相思侣。七月半、放河灯,长夏又念劬恩,伤怀触绪。

厌金杯·白露

旬望秋成,时推景数。爽清来、绮园瑶圃。五行金气,也惜好风情,亲草树。几滴朝阳白露。

合着温凉,转将昏暮。半圆月、寸天移步。女人学子,爨馈读书忙,无暇顾。才是人间妙处。

玉梅令·寒露

才经爽雨,便有清新宇。微风把、桂花香据。正稻金一片,点缀色青红,霞未尽,月辉早遇。

圆明静好,常每逢三五,中秋月、岂为异数。自夜深晨近,太白又长庚,伊为守、一身寒露。

惜黄花·霜降

风凝霜降。雾开烟上。到深秋,待晴来、似春模样。残菊气迟香,止水波微漾。正看得、一天清旷。

人间虚象。梦中实况。欲思量,总多些、莫能依傍。一世未相安,三国新交仗。可预者、入冬风向。

檐前铁·小雪

朔风兴,便把阴阳,生生阻绝。已开冬、节气不怜人,天地闭藏凝结。寒酥降,璇花放,或未有、招来帖。

鸿飞阵、尽天边,早往峤南将歇。都无管、岁头年尾何时雪。徙善如予,也向海天涯,山岛愜。

郭郎儿近拍·大雪

大雪。明知故问飘风,谁使梨花天漫撷。谁接。欲整诗箧。将吾欢喜吟来,絮絮绵绵恒不竭。

琼屑。遍撒人间,莫把上下分别。一体均平,清新世界,远徕而近悦。日头低、更析精光,长夜来时还映月。

甘州令·冬至

碧空开,缥气降,温寒顺次。交九数、及壬方始。地天凝,更添了,许多风致。润玲珑,寂璎珞,冻翡翠,爱他都似。

各红烛酒,一馨香纸。敬先祖,慎终人子。岁团圆,日往复,喜将年事。欲迎新,怕怀旧,合欣怅,此情冬至。

平韵长调 10 首

夏云峰·双峰插云

向湖东,长堤路,晨夕柳绿花红。人爱适情随意,万法皆通。画图模样,规复旧、宝塔新工。纵目处、南高北峻,早晚遥钟。

一湖十景游踪,把佳处、与知音者相逢。歌罢剩些醉语,挂月随风。晴明何待,须半雨、变幻无穷。立此对、花斑两鬓,云插双峰。

金盏倒垂莲·曲院风荷

莲叶田田,女娃儿似在,花下咿哦。几处摇红,出佻把人娑。倘论起、西湖流韵,是无由的余波。要说盛夏,安闲得没些么。

多情总须一醉,正难分秫曲,风到颜酡。愿如其闻,南宋酿泉窝。恰好处、凭谁无感,况应还有情歌。各自意会,千年曲院风荷。

临江仙慢·花港观鱼

妙看物相杂，热晴雨结，深默岚疏。远来势，山溪渐入平湖。漂舒，怎分两水，清波漾，影倒浮图。香飘忽，把这些佳事，抟到迷糊。

摇芦，知风也到，徐歇才染凉酥。想湖山、天下遍处应居。都无，此欢并至，心甘为、日景驰驱。谁分享，怪子陵何不，花港观鱼。

秋兰香三潭印月

算数生平雪每到风华岁月江南玲珑多宝塔轻快小船帆有心问他佛道何耽无时身是儚凡那苏子矣共他谈笑把花指平为天湖疏波必一个僧生做得浮佳谈论风流倒也自能谙瀛洲甘酣清宴有谈樗罢灯龛戏十霄天波明乱月印三潭

林花萼先生词一首 径山法涌书

法涌，杭州径山万寿禅寺监院，杭州市佛教协会理事，杭州市余杭安乐禅寺主持。通佛理、工书法。

秋兰香·三潭印月

算数生平,西子再到,风华岁月江南。玲珑多宝塔,轻快小船帆。有心问、他佛道何耽,此时身是仙凡。那苏子,更无他语,笑把花拈。

正为此湖疏浚,必一介儒生,做得佳谈。论风流、倒也自能谙,瀛洲共甘酣。清宴有诸,标置灯龛。几十处,天波明乱,月印三潭。

庆千秋·柳浪闻莺

一过吴山,向前朝御苑,水岸杭京。移光换景沿革,不改钟灵。青洲上、姹紫嫣红,嘉气生生。数百种莺难细辨,歌儿佳者同名。

镇日风花迷眼,却耳充真幻,好鸟相鸣。思其忘言得意,情托幽明。西湖夜、宿藕轩楼,眠近云星。期梦已成春不去,觉来柳浪闻莺。

松梢月·南屏晚钟

壁立屏风，湖波折返处，山意微濛。须待除夕，禅诵祝岁声洪。葛岭遥仙相呼应，百又八、计数音终。福报多少，声声里，便祈达苍穹。

择端名世作，画放舟向晚，临水听钟。惜不传矣，唯有绝响徊空。想着风烟残阳色，慢慢的、老了英雄。这幅图景，人移向、净慈中。

三水通津四明延脉子城风根束而西缪影千墨百年望海军楼自鸣钟，猎擎鼓滴漏和闻历纷纭多少往来攘、真广目、登眺最喜曦睎正晨夕霞天五色新上下为乐境何如构织说海定波宁国安泰生民济查夙祥云应题额方斗字海曙云宾林在勇出之乞词四槛花海曙云宾甲辰小暑陶然草堂无燕萍书

毛燕萍，别署陶然草堂、正音。中国书法家协会会员，浙江省诗词与楹联学会常务理事，宁波市诗词与楹联学会会长，宁波诗社社长，宁波书画院副院长，海曙区书法家协会主席。

四槛花·海曙云宾

三水通津，四明延脉，子城凤根。东而西向影，千还百年身。望海军楼，自鸣钟，犹击鼓，滴漏弘闻。历纷纭。多少往来攘攘，兴废因因。

登眺最喜曦曛。正晨夕，霞天五色新。天下多乐境，何如故乡亲。海定波宁，国安泰，生民济，画起祥云。应题额，方斗字，海曙云宾。

八节长欢·后乐长春

怀想吾鄞。有园殊胜，后乐题门。先忧峰独秀，多敬事亲仁。居官应似薛星使，纵暇余，犹爱其民。是以花红柳绿，长作熙春。

中山此地曾巡。天下论、为公至道真真。鳞爪又鸿泥，今所见、从来念善方存。碑亭畔，行坐憩、仕女都欣。观前后、尤深思触，游园一觉精神。

云仙引·樯馆三江

　　古郡都郛，明州市舶，东南第一名邦。沿街肆，外滩仓。千年演来近世，福地看他尤炽昌。钟毓一城，货珍四海，樯馆三江。

　　鄞江来去楼航。莫谁问、三洲经五洋。更有当年，鉴真和尚，为甚浮沧。儿女天真，只须向夜，好酒欢歌花未央。碧波灯火，赤云烟气，恰是成康。

紫玉箫·风驻南塘

鄞邑城南,长春门外,老街临水沧浪。当年庶富,似不曾迁变,风驻南塘。栉比鳞次,须算得、百店千行。思应是,时逢世兴,字号重光。

旗亭戏阁书院,都款款行来,彩绘连廊。声声入耳,故乡音、饶是语气铿锵。待昏侵夜,尤可喜、烛举灯张。听吆喝,油烤火烹,一路传香。

仄韵长调 11 首

远朝归·雷峰夕照

无事生非,要看烟云红,雷峰夕照。还抛热泪,相对几番飘渺。山犹旧影,塔又在、剪成新貌。知多少,是天筹未及,心想能到。

娘子塔下之时,那混账东西,廿年何了。糊涂恋爱,听个法海当道。人生自主,更必得、高明怀抱。湖山好,月方出、把清波捣。

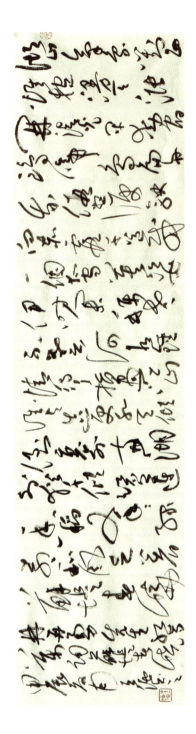

王强,江苏省书法家协会会员,江苏省直书法家协会副秘书长,中国标准草书学社社员,南京书画院特聘书画家,南京财经大学艺术设计学院兼职教授。

红芍药·苏堤春晓

　　湖山气象，对面怀抱。漫天涨开清光早，动宿鸥啼鸟。扁舟我假想，便驶向、赤霞千道。载一个太守英姿，伊时人未称老。

　　不老云何，有钟情待了。指画江山谁与造，更水天倾倒。里外两湖外，犹千顷、碧莲香稻。又年年、绿柳和风，念著苏堤春晓。

潘善助，教授，中国书法家协会副主席，中国教育学会书法教育专业委员会副理事长。曾获第二届中国书法兰亭奖。

雪明鸸鹋夜·天封月对

向四明山下泽延,江海际、富庶都会。恰人杰地灵,物阜天瑞。盛世多祥烟火中,过市廛、有湖郭内。牡丹灯、波曳明珠,星赐百琲。

世家门庭旧迹,曰仙霭上方,紫气震位。便推知、一邑敦风贵。况又神明在塔,应庇佑、能读书种子。正文昌运好,天封月对。

玉漏迟·平湖秋月

那年天在暑,初来一见,平湖秋月。季节虚文,树岸火焚心热。纵有银辉若洗,只急著、循伊人蹑。蒸汗浃。少年往事,犹然真切。

几十次到杭州,固雨夕晴朝,诵风披雪。每向湖滨,把个敞轩临歇。算算明弦上下,盼将夜、或来生灭。都熨帖。长看水天相接。

玉梅香慢·断桥残雪

云絮扶摇,鳞影起灭。遥看春堤清阔。小乙官人,蛇仙娘子,何处相逢相别。画屏一转,寒彻骨,鸟飞绝。须是江南,冷艳天怜,断桥残雪。

西湖最佳十列,把春秋、不关优劣。遇否凭思,岁杪郁茫时节。倘又梅香悄送,红几朵、忍将一点折。美到精微,何言与说。

阳台路·竹洲消夏

美如画。望月湖碧屿，红墙青瓦。跨波桥、泮水棂星，千载学宫雍雅。遥想宋诸贤，甬上四家，讲谈挥洒。休林下。一邑兴、风流人物侪亚。

更有中山踪迹，大总统、孙公舣驾。百年之际，女学校、隽才叹诧。今将我、神游梦到，拂柳两行仪迓。思佳话竹洲中，蝉风消夏。

凤鸾双舞·琅嬛一阁

人间遇、琅嬛一阁,在鄞城西内。烟火里巷,尊荣阀阅,得坤生物,得乾生水。承天禄、奇书万千,渊渟泽汇。昔日范氏登楼览观,君临南面,玉宬霞蔚。

夙兴夜寐。只为个、箕裘无坠。视之今也,更兴化追美。禀气应然,明州地、茂彦质文彬斐。长喟。愿此宝乡多惠。

采明珠·韵存近性

　　近性楼，盛氏花厅，何处楼名近性。便看四明书，谓主人林姓。昔日神仙境。聚吟哦、翰墨丹青，拨阮抚琴，雅尚流风，乾嘉甬上称胜。

　　圆月井。香花径。仿佛欲烹茗。须解酪。别院素墙，动蕉灯影。多少侥天幸。想前尘、梦似重回，好在故园旧迹，推终原始，更成新景。

春草碧·嘹城遐想

练祁河畔行，爱此乡里仁，嘉定名美。州桥望，斯孔庙文盛，玉潭龙汇。秋霞落圃，更莫辨、仙凡况味。盐铁百舸，新槎浦，故地说头尾。

知未？一城经数屠，却死生有恨，节烈无愧。前尘远，福报固多至，庶饶都会。高楼坦途，上河景、熙明再绘。忽念陆公，家乡画、旧山水。

丁申阳，国家一级美术师，中国书法家协会草书委员会副主任，上海市书法家协会主席，上海市文联副主席，中国文字博物馆书法艺术研究员。

被花恼·承郑辛遥先生亲赠漫画集《智得其乐》

描形状物各从心,能似郑公才好。画里相知会心笑。人间妄诞,心中痛痒,智慧方能了。三五笔,万千言,此中真意他分晓。

犹忆少年时,偏爱新民晚时报。辛遥漫画,四版常刊,剪纸留多少。看今书合辑计千图,便翻着、依稀旧神貌。数十载,更喜童心公未老。

福壽千春 嘉定新城

地利天時風生水起轉瞬新城興
矣廣廈櫛鱗花樹好漸與西門一
體上邑久長文脈絡續今無已遠
香湖鶴南翔自東更來紫氣
早春看取梔李念秋成必佳莫不
歡喜宅典淞濱猶江海龍頭通聯
萬里何況善規畫有親民良吏得
人和致風教為兒孫計

甲午夏月謹賦并書呈崇先詞丈 照雯

刘照雯，上海嘉定青年习书法者。

福寿千春·嘉定新城

地利天时，风生水起，转瞬新城兴矣。广厦栉鳞花树好，渐与西门一体。上邑久长文脉，绍续今无已。远香湖，鹤南翔，自东更来紫气。

早春看取桃李。念秋成必佳，莫不欢喜。宅此淞滨，犹江海龙头，通联万里。何况善规画，有亲民良吏。得人和，致风教，为儿孙计。

后　记

　　壬寅年虽然一如常年的纷忙，却也在忙乱中凭空多出了由春入夏小半年的悄寂独处时光以及秋冬后几个月静默耐受的时光。每日一如往常作诗自遣（《壬寅诗存四百首》，作家出版社 2023 年版），也在作诗之馀偶得若干词作，恰合了词的别称——诗馀。癸卯冬月闲来订为一辑，或小令或中调或长调，计有词牌二百之数。

　　壬寅癸卯之交热闹的话题之一是人工智能 ChatGPT 软件会写文章会作诗，于是乎似乎从此以后人类连诗人都不需要了。说说玩儿也就罢了，一年多下来这种论调仍然喧嚷不休，可谓怪事。这不禁让我想起毛主席词中的名句，"吓倒蓬间雀。怎么得了，哎呀我要飞跃"（《念奴娇·鸟儿问答》）。

　　目前网络上那些由人工智能写的文章，真的只能骗骗寡闻少见之人。但凡对其题材领域有所了解，一望而知其为拼凑之作，且往往主题游离、观点模棱、似是而非。姑且假设，经过大数据的不断投喂，人工智能可以被训练得越来越智慧，但这真还是"一万年太久"的事儿，还要担心它所需要的算力增长是否能够无极限地被满足。我坚信在我有生之年，或者下辈子，它想替代我做个诗人料应没戏。

　　要把人的七情六欲、三观五德，要把人的恻隐心和共情力，现实感受与历史感怀，都计算明白这可比上围棋格子不知复杂多少。文学中那些实有和想象，外在和主观，叙事和抒情，继承与转化，沿用与创新，合理与合情，切用与审美，韵致与格调，文体与风格，个性与一般，思想和审美，错误与故意，等等，怎么能够充分列举并准确取舍？什么样的大模型能算明白?

人工智能软件对于字词句段都有明确规定的格律诗词,按道理说应该是最便于发挥所长的了。我相信它写出中规中矩的所谓格律诗词,是迟早的事,它甚至可以把平仄对仗和用典用韵,做得比人脑都好。但就像我们把今人创作的相当数量的格律诗词批评为陈词滥调或平庸乏善一样,人工智能软件的作品水平也就是这样糊弄一下普通读者而已,是完全达不到好诗的标准的。我特意用国内口碑较好的某款人工智能软件试着写一首我这本词集第一首词的同题作品。它这样写——《竹枝·咏柳絮》:"柳絮飘飘春意浓,随风起舞漫天空。轻盈似雪落无际,飘渺如烟散无踪。"又写道:"忽聚忽散难捉摸,似梦似幻影朦胧。愿随流水归何处,化作春泥护花红。"我相信有见识的读者,一定明白这个作品貌似过得去,它甚至还会转用龚自珍的名句"化作春泥更护花",但根本上说它只会描述现象和铺衍文字,并没有思想和灵魂。我的《竹枝》词牌咏柳絮是这样写的:"闲安堆似雪绒花,事急纷如乱絮麻。怜尔春凭无骨柳,漫随风势去天涯。"时也事也景也情也理也义也,想必读者诸君是明白的。

"诗以言志""文以载道""兴观群怨""乐而不淫,哀而不伤",这些都关乎人的思想、情感、志趣,所以要等到猴年马月所谓大数据大模型的软件进化成人,才谈得上真正有可能作诗。刘勰《文心雕龙》说:"文之思也,其神远矣。故寂然凝虑,思接千载;悄焉动容,视通万里;吟咏之间,吐纳珠玉之声;眉睫之前,卷舒风云之色;其思理之致乎。故思理为妙,神与物游……此盖驭文之首术,谋篇之大端。"刘勰所言也是诗学的真谛,由历代真正的诗人努力去做的。西方亚里士多德诗学的起点只是"模仿说",人复制自然,哪有这么简单,难道是程序的拷贝?智能软件又怎样才可以被备一套天衣无缝无所不包的程序体系,训练成掌握唐人司空图关于诗歌的美学风格境界的《二十四诗品》呢?雄浑、冲淡、纤秾、沉著、高古、典雅、洗炼、劲健、绮丽、自然、含蓄、豪放、精神、缜密、疏野、清奇、委曲、实境、悲慨、形容、超诣、飘逸、旷达、流动，这 24 个词，够人学了。

这本词集的创作，大多在于不经意之际。天时物候，境转事遇，所触所怀，能道难言，未可一概而论。行止坐卧间的意识流，心有所动，发而为得鱼忘筌的文字。诗贵蕴藉含蓄，无须索隐考实，这次的创作应该也是文学性较胜于自己以往作品的一次。集中也有一部分是刻意之作，裹足静处正好思接千载、视通万里，因而像少年时神梦牵绕的西湖古十景，祖籍故乡宁波风物，便都有意成系列地写来。编成之际，通书看来，倒也包罗宏富，各有姿态。

中年人生，渐近花甲，写诗作词，岂为名利？无非每日以文字对抗虚无，确认生命。容或在承继传统、发扬国故方面真正做了一点无羞于古人和后世的一代人的小贡献，那就心满意足了。

感谢出版家，感谢众读者，感谢作序的方家和弟子。

林在勇

二〇二四年三月十四日